Présence du futur / 125

Toutes vos étoiles en poche

L'amour, vous connaissez?

DU MÊME AUTEUR

DANS LA MÊME COLLECTION

Fondation
Fondation et empire
Seconde Fondation
Fondation foudroyée
La fin de l'éternité
Histoires mystérieuses 1
Histoires mystérieuses 2
Quand les ténèbres viendront
Les dieux eux-mêmes
Dangereuse Callisto
Noël sur Ganymède
Chrono-minets
Flûte, flûte et flûtes!
La mère des mondes
Cher Jupiter
L'homme bicentenaire
Jusqu'à la quatrième génération
Au prix du papyrus
Les vents du changement

ISAAC ASIMOV

L'amour, vous connaissez?

NOUVELLES
TRADUITES DE L'AMÉRICAIN
PAR SIMONE HILLING

DENOËL

Titre Original :

Les nouvelles qui composent ce volume font partie du recueil américain NIGHTFALL AND OTHER STORIES, *dont nous avons publié les premiers textes sous le titre :*
QUAND LES TÉNÈBRES VIENDRONT.

73/75, rue Pascal, 75013 Paris

ISBN 2-207-30125-7
B 30125-5

PREFACE A « VIDE-C »

En 1950 éclata la guerre de Corée. Ce fut une époque vraiment déprimante, presque autant que l'époque actuelle. Je ne vous cacherai pas que je ressens peu d'entousiasme pour ce qu'Othello appelle « la qualité, l'orgueil, la pompe et l'apparat d'une glorieuse guerre ».

La Deuxième Guerre Mondiale avait été unique en son genre. C'était une guerre où subsistaient encore quelques satisfactions idéalistes. Nous combattions un mal absolu qui semblait dépasser de très loin la diffamation ordinaire et routinière de l'ennemi : et il semblait y avoir des chances raisonnables, une fois la guerre finie, d'instituer une organisation mondiale quelconque pour prévenir les guerres futures.

L'euphorie qui suivit la fin immédiate de la guerre et l'établissement des Nations Unies fut de courte durée, et la guerre de Corée sonna le glas des premiers grands espoirs.

Vous pourriez penser que nous, les écrivains de science fiction, nous étions plus contents que la plupart.

Nous avions une façon si agréable de nous « évader ». Nous partions pour l'espace, laissant les problèmes de la terre derrière nous. Eh bien l'évasion n'est pas si facile. Il est plus difficile que vous le pensez de se dissocier de la réalité, et, quand, dans les jours de la guerre de Corée, je m'envolai dans mon cosmonef pour les espaces interstellaires, qu'est-ce que j'y trouvai ? Une guerre interstellaire, une bataille pour un vaisseau spatial.

Je ne m'évadais pas du tout !

Encore un mot. Avant l'époque de la télévision, il existait quelque chose qu'on appelait la radio, et, vers la fin des années 40 et le début des années 50, il y avait des émissions de science fiction. La radio n'avait pas le problème des décors compliqués et coûteux qu'exige la télévision pour donner un semblant de réalité à la science fiction. Elle peut tout faire à l'aide d'effets sonores, qui se transmuent dans l'esprit en les images les plus bizarres.

Les émissions en question, — « Deux Mille Plus », et « Dimension X », — n'étaient pas, malheureusement, puissamment commanditées, quand elles l'étaient, et elles ne durèrent pas longtemps ; mais, tant qu'elles durèrent, j'en retirai une intense satisfaction. Qui plus est, elles ne présentèrent pas moins de trois de mes histoires. L'une d'elles était « Nightfall » (bien entendu), et la seconde « Vide-C ».

Dans la version radiophonique de « Vide-C », Mullen était joué par un acteur doué d'une voix très caractéristique, — sèche, réservée, indifférente, et pourtant gentille. Cétait exactement la voix de Mullen. Quand la télévision arriva, je retrouvai cette voix, qui s'accordait parfaitement avec le visage et le visage ressemblait *à Mullein.*

C'est tellement agréable, chaque fois que je le vois, de pouvoir me dire (bien qu'il soit relativement grand)

« C'est Mullen. » Mullen est le seul de mes personnages que j'ai vu en chair et en os, et j'ai toujours soigneusement réprimé l'envie d'apprendre le vrai nom de l'acteur. Je veux qu'il reste Mullen.

Première Publication : Galaxy Science Fiction, *octobre 1951. Copyright, 1951, par Galaxy Publishing Corporation.*

VIDE-C

Même de la cabine dans laquelle on l'avait poussé avec les autres passagers, le Colonel Anthony Windham pouvait suivre l'essentiel de la progression de la bataille. Pendant un moment, ce fut le silence, sans aucune secousse, ce qui signifiait que les cosmonefs se battaient à des distances astronomiques, en un duel de déflagrations d'énergie et de puissants champs de forces défensifs.

Il savait qu'il n'y avait qu'un dénouement possible. Leur vaisseau terrien n'était qu'un vaisseau marchand armé, tandis que le rapide coup d'œil qu'il avait jeté sur l'ennemi Kloro avant que l'équipage lui fasse évacuer le pont, avait été suffisant pour lui montrer qu'il s'agissait d'un croiseur léger.

Et, moins d'une demi-heure plus tard, commencèrent ces petits chocs secs qu'il attendait. Les passagers étaient projetés d'un côté et de l'autre, tandis que le cosmonef roulait et tanguait comme un bateau dans la tempête. Mais l'espace était aussi calme et silencieux que jamais. C'était leur pilote qui envoyait des jets de vapeur désespérés dans les tuyères, de sorte que, par réaction, le cosmonef roulait et tanguait. Cela ne pouvait signifier qu'une chose, que l'inévitable était arrivé. Les écrans d'énergie du vaisseau terrien étaient épuisés, et il n'osait plus faire front à une attaque directe.

Le Colonel Windham essaya de se raffermir sur ses pieds en s'aidant de sa canne en aluminium. Il pensait qu'il était vieux ; qu'il avait passé toute sa vie dans la garde nationale sans jamais voir une bataille ; et maintenant qu'une bataille se déroulait autour de lui, il était vieux, gros et lourd, et il n'avait aucun homme sous ses ordres.

Ils monteraient bientôt à bord, ces monstres Kloros. C'était leur façon de combattre. Ils seraient handicapés par les combinaisons spatiales et subiraient de lourdes pertes, mais ils voulaient le vaisseau terrien. Windham considéra les passagers. Un moment, il pensa : *s'ils étaient armés et que je sois en état de les commander...*

Il abandonna cette idée. Porter avait manifestement une trouille de tous les diables, et le jeune homme, Leblanc, ne valait guère mieux. Les frères Polyorketes, — nom d'un chien, il n'arrivait pas à les distinguer, — blottis dans un coin, ne parlaient qu'entre eux. Mullen, c'était autre chose. Il était assis, parfaitement droit, sans que son visage révélât aucun signe de peur ou de toute autre émotion. Mais il ne mesurait qu'un mètre cinquante, et, de toute évidence, n'avait jamais tenu un fusil d'aucune sorte de toute sa vie. Il ne pouvait rien faire.

Et il y avait Stuart, avec son demi-sourire figé en permanence sur ses lèvres, et le ton criard et sarcastique que prenaient toutes ses paroles. Windham regarda Stuart en coin, Stuart assis, qui passait dans ses cheveux blonds ses mains d'une blancheur de cadavre. Avec ces mains artificielles, il était inutilisable, de toute façon.

Windham sentit la sourde vibration produite par le contact des deux vaisseaux ; et, cinq minutes plus tard, il y eut des bruits de combat dans les coursives. L'un des frères Polyorketes hurla et se précipita vers la porte. L'autre cria :

— Aristide ! Attends !

Et il se précipita derrière lui.

Tout se passa très vite. Aristide franchit la porte et entra dans la coursive, courant dans une panique aveugle. Un carbonisateur émit une brève lueur, et on n'entendit pas même un cri. Sur le seuil, Windham se détourna avec horreur du tronçon carbonisé qui restait. Curieux, — il avait passé toute sa vie sous l'uniforme, et c'était la première fois qu'il voyait un homme mourir de mort violente.

Il fallut les forces combinées de tous les autres pour ramener dans la cabine l'autre frère qui se débattait violemment.

Les bruits de bataille moururent.

Stuart dit :

— C'est fait. Ils vont mettre à bord un équipage composé de deux hommes, et en route pour leur planète natale. Nous sommes prisonniers de guerre, naturellement.

— Deux Kloros seulement vont rester à bord ? demanda Windham étonné.

Stuart dit :

— C'est leur coutume. Pourquoi demandez-vous ça, Colonel ? Vous pensez à conduire une charge héroïque pour reprendre le vaisseau ?

Windham rougit.

— Simple renseignement, que diable.

Mais il savait que le ton digne et autoritaire qu'il

avait essayé de prendre avait fait long feu. Il n'était qu'un vieil homme, qui boitait.

Et Stuart avait probablement raison. Il avait vécu chez les Kloros et connaissait leurs usages.

Depuis le début, John Stuart prétendait que les Kloros étaient des gentlemen. Vingt-quatre heures avaient passé depuis le début de leur emprisonnement, et il répéta son affirmation en faisant jouer les articulations de ses doigts, et en regardant des rides se former et disparaître sur le doux artiplasme.

Il aimait la réaction désagréable que ça produisait chez les autres. Les gens étaient faits pour être aiguillonnés ; des vessies pleines de vent, voilà ce qu'ils étaient, tous. Et leurs mains étaient de la même matière que leurs corps.

Il y avait Anthony Windham, en particulier. Le Colonel Windham, comme il disait lui-même, et Stuart voulait bien le croire. Un colonel à la retraite qui avait probablement fait faire l'exercice à la milice du village sur le terrain communal, quarante ans plus tôt, avec si peu de distinction qu'il n'avait pas été rappelé, dans aucune arme, même en face des urgences créées par la première guerre interstellaire de la Terre.

— C'est une chose diablement déplaisante à dire sur l'ennemi, Stuart. Je ne sais pas si j'apprécie votre attitude.

Windham semblait pousser les mots entre ses moustaches rases. Sa tête, elle aussi, était rasée, en imitation de la mode militaire en cours, mais un chaume gris commençait à lui repousser sur le crâne, entourant une plaque centrale chauve. Ses joues molles pendaient. Cela, et les petites nervures rouges de son nez, lui donnaient l'air négligé, comme si on venait de le réveiller trop brusquement et trop tôt, le matin.

Stuart dit :

— C'est de la bêtise. Renversez la situation présente. Supposez qu'un vaisseau de guerre de la Terre ait arraisonné un bâtiment Kloro. Que serait-il arrivé aux civils Kloros qui auraient été à bord ?

— Je suis sûr qu'une flotte de la Terre aurait respecté toutes les règles de la guerre interstellaire, dit Windham avec raideur.

— Sauf qu'il n'y en a aucune. Si nous mettions un équipage à bord d'un de leurs vaisseaux pour garder les prisonniers, croyez-vous qu'ils prendraient la peine de maintenir une atmosphère chlorée au bénéfice des survivants ; qu'ils leur permettraient de garder tous les objets qui ne sont pas de contrebande ; qu'ils mettraient à leur disposiiton la salle la plus confortable, et caetera, et caetera, et caetera ?

Ben Porter dit :

— Oh, la ferme, pour l'amour du ciel ! Si j'entends encore une seule fois vos et caetera, et caetera je deviens dingue.

Stuart dit :

— Désolé.

Il ne l'était pas.

Mais Stuart n'était pas responsable. Son étroit visage et son nez en bec d'aigle luisaient de transpiration. Il n'arrêta pas de se mordre les joues jusqu'au moment où il fit la grimace. Il mit sa langue contre l'endroit douloureux, ce qui accentua encore son air de clown.

Stuart se fatiguait de les harceler. Windham formait une cible trop molle, et Porter ne savait que se contorsionner. Les autres gardaient le silence. Demetrios Polyorketes pour le moment, s'était enfermé dans un monde intérieur de silence et de douleur. Il n'avait probablement pas dormi la nuit d'avant. Tout au moins, chaque fois que Stuart changeait de position, — il avait eu lui-même une nuit agitée, — il l'avait entendu marmonner sur le lit voisin. Il disait beaucoup de choses, mais la plainte à laquelle il retournait toujours était : « Oh, mon frère ! »

Maintenant, il était silencieux, assis sur son lit, et roulait sur les autres prisonniers ses gros yeux rouges qui sortaient de son visage basané et mal rasé. Comme Stuart le regardait, il se prit la tête dans ses mains, de sorte qu'on ne voyait plus que sa tignasse noire et bouclée. Il était secoué de spasmes, mais maintenant que tout le monde était éveillé, il n'émettait plus aucun son.

Claude Leblanc, essayait, sans aucun succès, de lire une lettre. Il était le plus jeune des six, à peine sorti de l'université, et il retournait sur la Terre pour se marier. Ce matin-là, Stuart l'avait trouvé qui pleurait doucement, son visage rose et blanc rouge et marbré comme celui d'un enfant qui a le cœur brisé. Il était très blond, et ses grands yeux, ses lèvres pulpeuses, donnaient à son visage une sorte de beauté presque féminine. Stuart se demanda quel genre de fille avait bien pu lui promettre d'être sa femme. Il avait vu sa photo. D'ailleurs, qui ne l'avait pas vue sur le vaisseau ? Elle était jolie, de cette joliesse sans caractère qui rend toutes les photos de fiancées interchangeables. Pourtant, Stuart se disait que, s'il était une femme, il voudrait quelqu'un d'un peu plus viril.

Il ne restait donc que Randolph Mullen. Et Stuart n'arrivait vraiment pas à le situer. Il était le seul des six à avoir séjourné assez longtemps dans les mondes Arcturiens. Stuart lui-même, par exemple, n'y était resté que le temps de faire une série de conférences sur la mécanique astronautique à l'institut provincial d'ingénieurs. Le Colonel Windham avait fait un voyage organisé par l'agence Cook ; Porter essayait d'acheter des légumes extra-terrestres concentrés pour ses conserveries de la

Terre ; et les frères Polyorketes avaient essayé de s'établir sur Arcturus comme fermiers, et, après deux saisons, ils avaient abandonné, vendu en faisant un bénéfice, et ils retournaient sur la Terre.

Randolph Mullen, lui, était resté dix-sept ans dans le système arcturien. Comment chacun des voyageurs arrivait-il à découvrir tant de choses sur les autres en si peu de temps ? A la connaissance de Stuart, le petit homme avait à peine desserré les dents à bord. Il était invariablement poli, s'écartait toujours pour laisser passer les autres, mais son vocabulaire semblait se limiter à « Merci » et « Excusez-moi ». Pourtant, le bruit s'était répandu parmi eux que c'était la première fois qu'il retournait sur la Terre depuis dix-sept ans.

C'était un petit homme, très précis, presque irritant à force de l'être. Dès le réveil, ce matin-là, il avait soigneusement fait son lit, s'était rasé, lavé et habillé. Le fait qu'il était maintenant prisonnier des Kloros ne l'avait aucunement incité à modifier ses habitudes. Pourtant, il n'en faisait pas ostentation, et ne donnait pas l'impression de désapprouver le désordre des autres. Il restait là, assis, presque de l'air de s'excuser, fagoté dans ses vêtements ultra conservateurs, les mains reposant mollement sur les genoux. La mince ligne de poils surmontant sa lèvre supérieure, loin de donner du caractère à son visage, accentuait jusqu'à l'absurde son air compassé.

Il ressemblait exactement à l'idée caricaturale qu'on se fait d'un comptable. Et, ce qu'il y avait de plus drôle, pensa Stuart, c'est qu'il l'était. Il l'avait remarqué sur le livre des passagers, — Randolph Fluellen Mullen ; profession : comptable ; employeurs : Prime Paper Box Co, 27 Tobias Avenue, New Warshaw, Arcturus II.

— Mr Stuart ?

Stuart leva les yeux. C'était Leblanc, dont la lèvre inférieure tremblait légèrement. Stuart essaya de se rappeler comment on faisait pour être gentil. Il dit :

— Qu'est-ce qu'il y a, Leblanc ?

— Dites-moi, quand vont-ils nous relâcher ?

— Comment voulez-vous que je le sache ?

— Tout le monde dit que vous avez vécu sur une planète Kloro, et vous venez de dire qu'ils sont des gentlemen.

— Oui, bien sûr. Mais même les gentlemen font la guerre pour gagner. Nous serons probablement internés jusqu'à la fin des hostilités.

— Mais ça peut durer *des années* ! Margaret m'attend. Elle croira que je suis *mort* !

— Je suppose qu'ils nous permettront d'envoyer de nos nouvelles une fois que nous serons sur leur planète.

Porter, très agité, dit d'une voix rauque :

— Dites donc, puisque vous en savez tant sur ces démons, vous pouvez peut-être nous dire ce qu'ils nous feront pendant notre internement. Qu'est-ce qu'ils nous donneront à manger ? Où est-ce qu'ils trouveront de l'oxygène pour nous ? Ils vont nous tuer, c'est moi qui vous le dis.

Et il ajouta après coup :

— Moi aussi, j'ai une femme qui m'attend.

Mais Stuart l'avait entendu parler de sa femme dans les jours qui avaient précédé l'attaque. Ça ne l'impressionnait pas. Les ongles de Porter, rongés jusqu'à la chair, tripotaient et tiraient la manche de Stuart. Stuart s'écarta, complètement dégoûté. Il ne pouvait pas supporter ces mains affreuses. Cela le rendait furieux jusqu'au désespoir de penser que des mains si laides étaient réelles, tandis que les siennes, blanches et de forme parfaite, n'étaient que des imitations dérisoires en latex extra-terrestre.

Il dit :

— Ils ne nous tueront pas. S'ils avaient dû nous tuer, ils n'auraient pas attendu jusqu'à maintenant. Voyons, nous aussi nous capturons des Kloros et ce n'est qu'une simple question de bon-sens que de bien traiter ses prisonniers si on veut que l'adversaire en fasse autant. Ils feront tout ce qu'ils peuvent. La nourriture ne sera peut-être pas très bonne, mais ils sont meilleurs chimistes que nous. C'est leur point fort. Ils savent exactement de quels facteurs nutritifs nous avons besoin, et combien de calories il nous faut. Nous vivrons. Ils feront ce qu'il faut pour ça.

Windham grommela :

— Vous parlez de plus en plus comme un sympathisant de ces monstres verts, Stuart. Ça me donne la nausée d'entendre un Terrien parler de ces verdâtres comme vous le faites. Nom d'un chien, où est votre loyalisme, mon vieux ?

— Mon loyalisme est où il doit être. Du côté de l'honnêté et de la décence, indépendamment de la forme des individus qui les pratiquent.

Stuart leva ses deux mains.

— Vous voyez ça ? C'est les Kloros qui les ont faites. J'ai vécu six mois sur l'une de leurs planètes. Mes mains ont été écrasées dans la machinerie climatisante de mon appartement. Je pensais que l'air qu'ils m'envoyaient était un peu pauvre en oxygène, — d'ailleurs, c'était une erreur de ma part, — et j'ai essayé de le régler moi-même. C'était ma faute. On devrait toujours se méfier des machines d'une autre culture. Le temps que l'un des Kloros enfile une combinaison atmosphérique, il était trop tard pour sauver mes mains.

« Ils ont fabriqué pour moi ces trucs en artiplasme, et

m'ont opéré. Vous réalisez ce que ça veut dire ? Ça veut dire qu'ils ont été obligés de fabriquer un équipement spécial et des solutions nutritives fonctionnant dans une atmosphère d'oxygène. Ça veut dire que leurs chirurgiens ont été obligés de faire une opération délicate en combinaisons atmosphériques. Et maintenant, j'ai de nouveau des mains.

Il rit, d'un rire dur, en crispant les poings.

— Des mains...

Windham dit :

— Et vous avez vendu le loyalisme que vous devez à la Terre pour des mains artificielles ?

— Vendre mon loyalisme ? Vous êtes fous. Pendant des années, j'ai haï les Kloros pour ça. Avant, j'étais chef pilote sur les lignes spatiales trans-galactiques. Maintenant ? Je travaille dans les bureaux. Et je fais des conférences de temps en temps. Il m'a fallu du temps pour comprendre que c'était ma faute, et réaliser que dans tout ça le seul rôle joué par les Kloros leur faisait honneur. Ils ont leur code éthique, et il vaut bien le nôtre. Si ce n'était pas la stupidité de certains d'entre eux, — et par Dieu, de certains d'entre nous aussi, — nous n'aurions jamais dû être en guerre. Et quand elle sera finie...

Polyorketes s'était levé. Il crispait ses gros doigts et ses yeux noirs lançaient des éclairs.

— Je n'aime pas ce que vous dites, mon pote.

— Pourquoi ?

— Parce que vous parlez trop bien de ces satanés salauds verts. Les Kloros ont été bons pour vous, hein ? Eh bien, ils n'ont pas été bons pour mon frère. Ils l'ont tué. Et je crois bien que je vais vous tuer, salaud espion des verts.

Et il chargea.

Stuart eut à peine le temps de lever les bras pour arrêter le paysan devenu fou furieux. Il haleta :

— Nom de Dieu... en lui saisissant un poignet, et en bloquant de l'épaule l'autre main qui cherchait sa gorge.

Ses mains artificielles lâchèrent prise. Polyorketes se dégagea presque sans effort.

Windham grondait de façon incohérente, et Leblanc criait d'une voix flûtée :

— Arrêtez ! Arrêtez !

Mais c'est le petit Mullen qui de son bras entoura par derrière le cou de Polyorketes et tira de toutes ses forces. Sans grand résultat : Polyorketes semblait à peine s'apercevoir du poids du petit homme dans son dos. Les pieds de Mullen quittèrent le sol, de sorte qu'il se mit à brinqueballer de droite et de gauche dans le dos de Polyorketes. Mais il tint bon, et il gêna suffisamment l'assaillant pour permettre à Stuart de se dégager suffisamment et de saisir la canne en aluminium de Windham.

Il dit :

— N'approchez pas, Polyorketes.

Il haletait et craignait une autre attaque. Le cylindre creux en aluminium n'était pas assez lourd pour lui servir à grand-chose, mais c'était mieux que ses faibles mains.

Mullen avait lâché prise, et maintenant, il les contournait prudemment, la respiration oppressée et les vêtements en désordre.

Polyorketes resta un moment immobile. Il restait là, debout, sa tête ébouriffée inclinée sur la poitrine. Puis il dit :

— Ça ne sert à rien. C'est des Kloros qu'il faut que je tue. Surveillez votre langue, Stuart. Si vous la faites trop marcher, ça pourrait vous faire mal. Vraiment mal.

Stuart s'essuya le front de l'avant-bras, et jeta la canne à Windham qui l'attrapa de la main gauche, tandis qu'il épongeait vigoureusement son crâne chauve de la droite.

Windham dit :

— Gentlemen, cela ne doit pas se reproduire. Cela abaisse notre prestige. Nous devons nous souvenir de l'ennemi commun. Nous sommes des Terriens, et nous devons nous comporter conformément à ce que nous sommes, — la race souveraine de la Galaxie. Nous ne devons pas nous ravaler aux yeux de races inférieures.

— Oui, Colonel, dit Stuart d'un ton las. Gardez le reste du sermon pour demain.

Il se tourna vers Mullen.

— Je tiens à vous remercier.

Il était gêné de le faire, mais il le fallait. Le petit comptable l'avait vraiment surpris.

Mais Mullen dit d'une voix neutre, qui était à peine plus qu'un murmure :

— Ne me remerciez pas, Mr Stuart. C'était logique. Si nous devons être internés, nous aurons peut-être besoin d'un interprète, de quelqu'un qui comprend les Kloros.

Stuart se raidit. C'était, pensa-t-il, un raisonnement par trop comptable, trop logique, trop sec. Risques présents et avantages futurs. Débit et crédit s'équilibrant parfaitement. Il aurait aimé que Mullen se précipite à son secours par... par quoi, au juste ? Par pur altruisme, parfaitement désintéressé ?

Stuart se moqua intérieurement de lui-même. Voilà qu'il se mettait à attendre des gens qu'ils agissent par idéalisme, au lieu d'y être poussés par de bonnes motivations égocentriques.

Polyorketes était comme engourdi. Sa douleur et sa

rage agissaient en lui, comme des acides, mais elles n'avaient pas de mots pour s'exprimer. S'il avait été Stuart, grande-gueule et mains-blanches, il aurait parlé à en perdre le souffle, et ça lui aurait peut-être fait du bien. Au lieu de ça, il était obligé de rester assis, avec une moitié de lui-même qui était morte ; sans son frère, sans Aristide...

Tout s'était passé si vite. S'il pouvait seulement revenir en arrière et bénéficier d'un second avertissement, pour pouvoir saisir Aristide, le maintenir, le sauver.

Mais, avant tout, il haïssait les Kloros. Deux mois plus tôt, c'est tout juste s'il avait jamais entendu parler d'eux, et maintenant, il les haïssait si fort qu'il serait heureux de mourir s'il pouvait seulement en tuer quelques-uns.

Il dit, sans lever la tête :

— C'est à cause de quoi que cette guerre a commencé, hein ?

Il avait peur que ce soit la voix de Stuart qui lui réponde. Il haïssait la voix de Stuart. Mais ce fut Windham, le chauve.

Windham dit :

— La cause immédiate, Monsieur, fut une dispute au sujet de concessions minières dans le système de Wyandotte. Les Kloros avaient joliment empiété sur les propriétés terriennes.

— Il y a de la place pour deux, Colonel !

A ces mots, Polyorketes leva la tête en grondant. Stuart ne pouvait pas se taire longtemps. De nouveau, il parlait, l'infirme, le je-sais-tout, l'amoureux des Kloros.

Stuart disait :

— Est-ce que c'est une raison valable pour se battre, Colonel ? Nous ne pouvons pas, respectivement, vivre dans le monde de l'autre. Leurs planètes à atmosphère de chlore sont inutilisables pour nous, et nos planètes à atmosphère d'oxygène sont inutilisables pour eux. Le chlore est un poison pour nous, et l'oxygène pour eux. Il n'y a aucun moyen de soutenir des hostilités permanentes. Nos races n'ont aucun point de contact, tout simplement. Est-ce que c'est une raison de se battre, parce que les deux races veulent tirer du fer des mêmes astéroïdes sans atmosphère, dont il y a des millions dans la Galaxie ?

Windham dit :

— Il y a la question de l'honneur planétaire...

— Fumier planétaire ! Comment cela peut-il excuser une guerre aussi ridicule que celle-ci ? On ne peut combattre qu'aux avant-postes. Elle se résumera à une série de coups de mains, et finira par des négociations, alors qu'on aurait très bien pu commencer par là. Ni nous ni les Kloros n'y gagnerons rien.

A contrecœur, Polyorketes constata qu'il était d'accord avec Stuart. Est-ce que lui et Aristide s'intéressaient aux endroits d'où les Terriens et les Kloros tiraient leur fer ?

Est-ce que c'était une raison de mourir, pour Aristide ?

Le petit signal avertisseur se mit à bourdonner.

Polyorketes leva vivement la tête et se mit lentement sur ses pieds, un rictus sur le visage. Il ne pouvait y avoir qu'une chose derrière cette porte. Il attendit, bras crispés, poings fermés. Stuart amorça un mouvement pour se rapprocher de lui. Polyorketes le vit et rit intérieurement. Que le Kloro entre seulement, et Stuart, et tous les autres seraient bien incapables de l'arrêter.

Attends, Aristide, attends juste un petit moment, et une partie de ta vengeance sera payée.

La porte s'ouvrit, une silhouette entra, complètement

engoncée dans une parodie informe de combinaison spatiale.

Une voix bizarre, artificielle, mais pas absolument déplaisante commença :

— C'est avec quelque inquiétude, Terriens, que mon compagnon et moi-même...

La voix s'arrêta brusquement quand Polyorketes chargea en rugissant. Charge sans aucune science du combat ; ce n'était que la force brutale du taureau. Tête baissée, bras tendus, doigts poilus en position d'étranglement, il se rua en avant tout d'une pièce. Stuart fut balayé avant d'avoir eu le temps d'intervenir, et il alla s'étaler en travers d'un lit.

Le Kloro aurait pu, sans trop s'épuiser, arrêter Polyorketes à bout de bras, ou faire un pas de côté pour permettre à l'ouragan de passer. Il ne fit ni l'un ni l'autre. D'un geste rapide, il leva une arme, et un fin rayon rose alla frapper l'attaquant terrien. Polyorketes trébucha, s'écrasa sur le sol, son corps ayant gardé la même position qu'en tombant, un pied levé, comme frappé de paralysie foudroyante. Il roula de côté, et resta là, les yeux vivants et fous de rage.

Le Kloro dit :

— Son affection ne durera pas.

Il avait l'air de n'éprouver aucun ressentiment contre la violence avortée. Puis il reprit :

— C'est avec quelque inquiétude, Terriens, que mon compagnon et moi-même avons pris conscience de certaines commotions dans cette pièce. Avez-vous quelque besoin que nous puissions satisfaire ?

Stuart, était très en colère, et occupé à se frotter le genou qu'il s'était écorché dans sa collision avec le lit. Il dit :

— Non, merci, Kloro.

— Pas du tout, dit Windham d'un air suffisant. Nous

demandons que des mesures soient prises pour notre élargissement.

La minuscule tête d'insecte du Kloro se tourna vers le gros vieillard. Ce n'était pas agréable à voir quand on n'en avait pas l'habitude. Il avait à peu près la taille d'un homme, mais la partie supérieure de son corps consistait en un cou long comme une tige, surmonté d'une tête qui n'y formait qu'un léger renflement. C'était une sorte de trompe triangulaire sur le devant, avec deux yeux faisant saillie sur les côtés. C'était tout. Il n'y avait pas de boîte crânienne et pas de cerveau. Ce qui, chez un Kloro, correspondait au cerveau, était logé dans ce qui, chez un Terrien, aurait été l'abdomen, la tête n'étant qu'un simple organe sensoriel. La combinaison spatiale du Kloro suivait plus ou moins fidèlement les contours de la tête, les deux yeux protégés par deux hémisphères saillants de verre, légèrement verdâtres à cause de l'atmosphère de chlore régnant à l'intérieur.

L'un de ces yeux était à ce moment braqué droit sur Windham, qui frissonna sous ce regard, mais insista :

— Vous n'avez aucun droit de nous retenir prisonniers. Nous sommes des non-combattants.

La voix, parfaitement artificielle, venait d'un petit accessoire en mailles de chrome qui servait de torse au Kloro. La boîte vocale était manipulée par de l'air compressé, sous le contrôle de deux vrilles délicates et fourchues qui s'irradiaient à partir de deux cercles situés dans la partie supérieure du corps, et qui étaient, Dieu merci, dissimulées par la combinaison spatiale.

La voix disait :

— Parlez-vous sérieusement, Terrien ? Certainement que vous devez avoir entendu parler de la guerre, et des lois de la guerre et des prisonniers de guerre ?

Il regardait autour de lui, déplaçant ses yeux par de petites secousses brusques de la tête, fixant un objet d'abord d'un œil, puis de l'autre. D'après ce que Stuart avait compris, chaque œil transmettait un message séparé au cerveau abdominal, qui devait coordonner les deux pour obtenir une information complète.

Windham ne trouva rien à dire. Ni personne. Le Kloro, avec ses quatre membres principaux, équivalant grosso modo à une paire de jambes et une de bras, avait l'air vaguement humain sous son déguisement spatial, si l'on ne regardait pas plus haut que le torse, mais il n'y avait pas moyen de savoir ce qu'il ressentait.

Ils le regardèrent se retourner et sortir.

Porter toussa et dit d'une voix étranglée :

— Mon Dieu, vous sentez ce chlore ? S'ils ne font pas quelque chose, on va tous mourir avec des poumons rongés.

Stuart dit :

— La ferme. Il n'y a pas assez de chlore dans l'air pour faire éternuer un moustique, et ce qu'il y a sera évacué en deux minutes. De plus, un peu de chlore est très bon pour vous : ça tue le microbe du rhume.

Windham toussa aussi et dit :

— Stuart, je trouve que vous auriez pu dire quelque chose à votre ami Kloro au sujet de notre libération. Vous êtes loin d'être aussi audacieux en leur présence, nom d'un chien, que vous l'êtes quand ils sont absents.

— Vous avez entendu ce que cette créature a dit, Colonel ? Nous sommes prisonniers de guerre, et les échanges de prisonniers de guerre sont négociés par des diplomates. Nous n'avons qu'à attendre.

Leblanc, qui était devenu blanc comme un linge à l'entrée du Kloro se dirigea précipitamment vers les toilettes. On l'entendit vomir.

Un silence gêné tomba, tandis que Stuart cherchait

quelque chose à dire pour couvrir ce bruit déplaisant. Ce fut Mullen qui rompit le silence. Il venait de fouiller dans une petite boîte qu'il avait tirée de sous son oreiller.

Il dit :

— Mr Leblanc ferait peut-être mieux de prendre un sédatif avant de se retirer. J'en ai quelques-uns. Je serai heureux de lui en donner un.

Il expliqua immédiatement sa générosité :

— Sinon, il pourra nous empêcher tous de dormir, voyez-vous.

— Très logique, dit ironiquement Stuart. Mettez-en aussi un de côté pour notre Sire Lancelot ; mettez-en une demi-douzaine de côté, pendant que vous y êtes.

Il alla rejoindre Polyorketes, toujours par terre, et s'agenouilla près de lui :

— Ça va, baby ?

— Quel mauvais goût de lui parler comme ça, Stuart, dit Windham

— Eh bien, si vous le plaignez tant, pourquoi ne le transportez-vous pas sur son lit, vous et Porter ?

Il les aida à le faire. Maintenant, les bras de Polyorketes étaient animés de mouvements désordonnés. D'après ce que Stuart savait des armes Kloros affectant les centres nerveux, il devait souffrir un martyre de piqûres d'aiguilles et d'épingles.

Stuart dit :

— Et ne soyez quand même pas trop gentils avec lui. Cet imbécile aurait pu nous faire tous tuer. Et pour quel résultat ?

Il poussa de côté la carcasse raide de Polyorketes et s'assit au bord du lit. Il dit :

— Vous m'entendez, Polyorketes ?

Les yeux de Polyorketes se mirent à flamber. Un bras esquissa un geste avorté et retomba.

— Alors, O. K. Ecoutez. N'essayez plus jamais de faire une chose comme ça. La prochaine fois, nous pourrions bien tous y passer. Si vous aviez été un Kloro, et lui un Terrien, nous serions tous morts à l'heure qu'il est. Mettez-vous bien ça dans la tête : nous sommes tous désolés de ce qui est arrivé à votre frère, c'est vraiment dommage, mais c'est de sa faute.

Polyorketes essaya de se soulever, et Stuart le repoussa en arrière.

— Non, continuez à m'écouter, dit-il. C'est peut-être la seule fois que vous serez *obligé* de m'écouter pendant que je parle. Votre frère n'avait pas le droit de quitter les quartiers des passagers. Il n'avait rien à faire dehors. On ne sait même pas avec certitude si c'est une arme Kloro qui l'a tué. Ce pourrait tout aussi bien être une des nôtres.

— Oh, vous exagérez, Stuart, objecta Windham.

Stuart se tourna vivement vers lui.

— Vous avez des preuves que ce n'était pas une arme terrienne ? Vous avez vu tirer ? D'après ce qui restait du corps, pourriez-vous dire s'il s'agissait d'énergie Kloro ou d'énergie terrienne ?

Polyorketes retrouva sa voix, obligeant sa langue récalcitrante à gronder vaguement :

— Espèce de damné salaud de vert.

— Moi ? dit Stuart. Je sais à quoi vous pensez, Polyorketes. Vous vous dites que quand les effets de la paralysie seront finis, vous vous défoulerez en me faisant passer un mauvais quart d'heure. Eh bien, si vous le faites, ce sera sans doute notre fin à tous.

Il se leva et s'adossa au mur. En ce moment, il les avait tous contre lui.

— Aucun de vous ne connaît les Kloros comme moi, Les différences physiques que vous voyez n'ont aucune importance. Mais ce qui en a, c'est les différences de tempérament. Par exemple, ils ne comprennent pas notre concept de sexe. Pour eux, ce n'est qu'un réflexe biologique, comme la respiration. Ils n'y attachent aucune importance. Par contre, ils attachent beaucoup d'importance aux groupements sociaux. N'oubliez pas que les ancêtres à partir desquels leur évolution s'est faite, avaient beaucoup en commun avec nos insectes. Ils présument toujours qu'un groupe quelconque de Terriens qu'ils rencontrent forme une unité sociologique.

« Pour eux, cela veut tout dire. Moi je ne comprends pas exactement ce que ça veut dire. Aucun Terrien ne le peut. Mais la conséquence, c'est qu'ils ne séparent jamais les individus d'un groupe, pas plus que nous ne séparons une mère de son enfant si nous pouvons l'éviter. L'une des raisons pour lesquelles ils nous traitent avec patte de velours, en ce moment, c'est sans doute qu'ils imaginent que notre groupe est brisé par la mort de l'un de nous, et ils se sentent coupables.

« Mais voilà une chose qu'il ne vous faut pas oublier. On nous internera ensemble, et on nous laissera ensemble pendant toute la durée de l'internement. Cette idée ne me plaît pas. Je ne vous aurais pas choisis pour compagnons de captivité, et je suis bien sûr qu'aucun d'entre vous ne m'aurait choisi non plus. Mais c'est comme ça. Les Kloros ne comprendraient jamais que ce n'est que par hasard que nous étions ensemble sur le vaisseau.

« Ce qui veut dire qu'il nous faut trouver le moyen de nous supporter. Et ce n'est pas pour le plaisir de débiter des âneries sur les petits oiseaux qui doivent tous bien s'entendre dans leur petit nid. Qu'est-ce que vous croyez qui serait arrivé si le Kloro était entré un peu plus tôt, et nous avait trouvés, Polyorketes et moi, en train d'essayer de nous tuer ? Vous ne savez pas ? Eh bien, qu'est-ce que vous penseriez d'une mère que vous surprendriez en train d'essayer de tuer ses enfants ?

« C'est exactement ça. Ils nous auraient tous tués, un par un, comme des monstres pervers du type Kloro. Pigé ? Et vous, Polyorketes ? Vous avez pigé ? Donc, on peut s'insulter tant qu'on voudra, mais il faut éviter par tous les moyens d'en venir aux mains. Et maintenant, si personne n'y voit d'inconvénient, je vais masser mes mains pour les remettre en forme, — ces mains synthétiques que j'ai reçues des Kloros, et qu'un homme de ma race a de nouveau essayé d'écraser.

Pour Claude Leblanc, le plus dur était passé. Il avait été suffisamment malade ; malade au sujet de bien des choses ; mais surtout malade d'avoir quitté la terre. Cela avait été merveilleux d'aller à l'université hors de la Terre. D'abord, ça avait été une aventure, et ça l'avait éloigné de sa mère. Après le premier mois d'adaptation passé dans la crainte, il avait été sournoisement content de cette escapade.

Puis, pendant les grandes vacances, il n'était plus Claude Leblanc, l'étudiant timide, mais Leblanc, le voyageur spatial. Il avait brandi ce fait comme une victoire. Il se sentait tellement viril de parler des étoiles, de sauts dans l'espace, des coutumes et des milieux des autres mondes ; ça lui avait donné du courage avec Margaret. Elle l'avait aimé pour les dangers qu'il avait courus.

Sauf que c'était le premier qu'il courait réellement, et qu'il ne s'était pas tellement bien comporté. Il le savait, il en avait honte, et il aurait voulu être comme Stuart.

Il prit l'excuse du repas pour approcher. Il dit :

— Mr Stuart ?

Stuart leva les yeux et dit d'une voix brève :

— Comment vous sentez-vous ?

Leblanc se sentit rougir. Il rougissait facilement, et l'effort qu'il faisait pour s'en empêcher ne faisait qu'empirer les choses. Il dit :

— Beaucoup mieux, merci. Nous sommes en train de manger. Je vous ai apporté votre ration.

Stuart prit la boîte qu'il lui tendait. C'était les rations standard de l'espace ; complètement synthétiques, concentrées, nourrissantes, mais, pourtant, elles ne satisfaisaient pas tout à fait. La boîte se réchauffait automatiquement quand on l'ouvrait, mais on pouvait la manger froide en cas de nécessité. Bien qu'elle contînt un ustensile, tenant à la fois de la cuillère et de la fourchette, la ration était d'une consistance telle qu'on pouvait la manger avec les doigts sans que ce fût trop sale.

Stuart dit :

— Vous avez entendu mon petit discours ?

— Oui, Monsieur. Et je voulais vous dire que vous pouvez compter sur moi.

— Parfait. Eh bien, vous pouvez retourner manger, maintenant.

— Est-ce que je peux manger ici ?

— A votre aise.

Pendant un moment, ils mangèrent en silence, puis Leblanc s'exclama :

— Vous êtes tellement sûr de vous, Mr Stuart. Ce doit être merveilleux d'être comme ça !

— Sûr de moi ? Merci, mais celui qui est sûr de soi, le voilà.

Surpris, Leblanc suivit la direction qu'il lui indiquait d'un hochement de tête.

— Mr Mullen ? Ce petit homme ? Oh non !

— Vous ne trouvez pas qu'il est sûr de lui ?

Leblanc secoua la tête. Il regarda intensément Stuart

pour voir s'il pouvait détecter de l'humour dans son expression.

— Celui-là, il est froid, c'est tout. Il ne ressent aucune émotion. Il est comme une machine. Je le trouve répugnant. Vous, vous êtes différent, Mr Stuart. Vous avez tout à l'intérieur, mais vous vous contrôlez. J'aimerais être comme ça.

Et comme attiré par le magnétisme de son nom, bien qu'il ne l'eût pas entendu, Mullen vint se joindre à eux. Il avait à peine touché sa boîte de ration. Elle fumait encore doucement quand il s'accroupit en face d'eux.

Comme d'habitude, sa voix semblait un murmure dans les feuilles.

— Mr Stuart, combien de temps pensez-vous que va durer ce voyage ?

— Je ne sais pas, Mullen. Sans aucun doute, ils vont éviter les routes commerciales, et ils vont faire plus de Sauts dans l'hyper-espace que d'habitude pour éviter des poursuites possibles. Je ne serais pas surpris que ça dure une bonne semaine. Pourquoi me demandez-vous ça ? Je suppose que vous avez une raison pratique et logique de le faire ?

— Mais oui, certainement.

Il semblait assez blindé contre les sarcasmes. Il dit :

— J'ai pensé qu'il serait peut-être sage de rationner les rations, si j'ose dire.

— Nous avons assez d'eau et de nourriture pour un mois. J'ai vérifié tout de suite.

— Je vois. Dans ce cas, je vais finir ma boîte.

Il le fit, utilisant délicatement l'ustensile à tout faire, tapotant de temps en temps de son mouchoir ses lèvres parfaitement propres.

Polyorketes se leva péniblement environ deux heures plus tard. Il chancela un peu, et il avait l'air du Spectre de la Gueule de Bois. Il ne chercha pas à s'approcher de Stuart, mais parla d'où il était. Il dit :

— Espèce de sale espion des verts, vous feriez bien de faire attention à vous.

— Vous avez entendu ce que j'ai dit, Polyorketes ?

— J'ai entendu. Mais j'ai aussi entendu ce que vous avez dit d'Aristide. Je vous ignore, parce que vous êtes plein de vide. Mais attendez, et il arrivera un jour que ça déplaira trop à quelqu'un que vous ne teniez pas votre langue, et ce sera fini.

— J'attendrai, dit Stuart.

Windham boitilla vers eux, en s'appuyant lourdement sur sa canne.

— Allons, allons, dit-il avec une jovialité forcée qui accentuait plutôt qu'elle ne dissimulait l'angoisse qui le faisait suer. Nous sommes tous des Terriens, que diable. Souvenez-vous de ça ; que ce soit pour vous comme une lumière qui vous inspire. Ne vous abaissez jamais devant ces damnés Kloros. Nous devons oublier nos querelles privées, et nous rappeler seulement que nous sommes des Terriens, unis contre des vauriens extra-terrestres.

La décence interdit de transcrire le commentaire de Stuart.

Porter était sur les talons de Windham. Depuis une heure, il était en conférence privée avec le colonel au crâne rasé, et maintenant, il dit avec indignation :

— Ça ne sert à rien de faire le mariole, Stuart. Vous allez écouter le colonel. Nous avons beaucoup réfléchi à la situation.

Il avait quelque peu lavé la graisse qui lui couvrait le visage, mouillé ses cheveux qu'il avait peignés en arrière. Mais cela ne le délivrait pas de son tic à la joue droite, à la commissure des lèvres, et ça ne rendait pas plus agréable la vue de ses ongles rongés

— C'est bon, Colonel, dit Stuart. Qu'est-ce que vous avez en tête.

Windham dit :

— Je préfère que tout le monde soit là.

— O. K. Appelez-les.

Leblanc se hâta de venir ; Mullen s'approcha d'un pas délibéré.

Stuart dit :

— Vous avez besoin de ce gars-là ?

Il montra Polyorketes de la tête.

— Mais oui. Mr Polyorketes, voulez-vous venir, mon vieux ?

— Ah, foutez-moi la paix.

— Allez-y, dit Stuart. Laissez-le tranquille. Moi, j'aime mieux qu'il ne soit pas là.

— Non, non, dit Windham. C'est une question qui concerne tous les Terriens. Mr Polyorketes, il faut que vous veniez.

Polyorketes se tourna sur son lit.

— Je suis assez près, je vous entends.

Windham dit à Stuart :

— Est-ce qu'ils, — je veux dire les Kloros, — ont des micros dans cette pièce ?

— Non, dit Stuart. Pour quoi faire ?

— Vous êtes sûr ?

— Evidemment que je suis sûr. Ils ne savaient pas ce qui était arrivé quand Polyorketes m'a attaqué. Ils ont juste entendu les coups sourds qui ont résonné dans le vaisseau.

— Ils voulaient peut-être nous donner l'impression qu'il n'y avait pas de micros dans cette pièce.

— Ecoutez, Colonel, je n'ai jamais connu de Kloro qui fasse un mensonge de propos délibéré...

Polyorketes l'interrompit d'une voix calme.

— Ce bavard aime les Kloros à la folie.

Windham intervint en hâte.

— Non, ne recommencez pas. Ecoutez, Stuart, Porter et moi nous avons beaucoup discuté la situation, et nous pensons que vous connaissez assez les Kloros pour savoir s'il existe un moyen de nous ramener sur Terre.

— Il se trouve que vous avez tort. Je n'en connais pas.

— Il y a peut-être un moyen de reprendre le vaisseau à ces diables verts, suggéra Windham. Une faiblesse qu'ils pourraient avoir, que diable, vous voyez ce que je veux dire.

— Dites-moi, Colonel, qu'est-ce que vous cherchez ? A sauver votre peau ou à vous battre pour la Terre ?

— Je trouve cette question déplacée. Vous saurez que, quoiqu'étant aussi ménager de ma vie que chacun a le droit de l'être, je pense toutefois d'abord à la Terre. Et je crois que c'est vrai de chacun de nous.

— Drôlement vrai, dit Porter, instantanément.

Leblanc avait l'air angoissé, Polyorketes irrité, et Mullen n'avait pas d'expression du tout.

— Très bien, dit Stuart. Bien entendu, je ne crois pas que nous puissions reprendre le vaisseau. Ils sont armés et nous ne le sommes pas. Mais il y a autre chose. Vous savez pourquoi les Kloros gardent ce vaisseau intact. C'est parce qu'ils en ont besoin. Ils sont peut-être meilleurs chimistes que les Terriens, mais nous avons de meilleurs ingénieurs en astronautique. Nous avons des vaisseaux plus grands, meilleurs, et nous en avons davantage. En fait, si notre équipage avait respecté les règlements militaires, ils auraient fait sauté le vaisseau dès qu'il a été évident que les Kloros allaient aborder.

Leblanc eut l'air horrifié.

— Et tué tous les passagers ?

— Pourquoi pas ? Vous avez entendu ce qu'a dit ce bon Colonel. Chacun de nous est prêt à sacrifier sa pauvre petite vie aux intérêts de la Terre. En ce moment, de quel intérêt sont nos vies pour la Terre ? Aucun. Mais combien de dommages ce vaisseau peut-il faire entre les mains des Kloros ? Enormément, sans doute.

— Mais, pourquoi, au juste, demanda Mullen, notre équipage a-t-il refusé de faire sauter le vaisseau ? Ils devaient avoir une raison.

— Ils en avaient une. C'est une des règles les plus traditionnelles des militaires terriens que la proportion des pertes ne doit jamais leur être défavorable. Si nous nous étions fait sauter, vingt combattants et sept civils auraient trouvé la mort, contre des pertes égales à zéro pour l'ennemi. Alors, qu'est-ce qu'on a fait ? On a laissé l'ennemi monter à bord, on en a tué vingt-huit, — je suis sûr qu'on en a au moins tué vingt-huit, — et on les a laissé prendre le vaisseau.

— Tu causes, tu causes, ironisa Polyorketes.

— Et il y a une morale à cette histoire, dit Stuart. Nous ne pouvons pas reprendre le vaisseau aux Kloros. Pourtant, nous pourrions *peut-être* les bousculer un peu et les occuper assez longtemps pour permettre à l'un de nous de nous court-circuiter les moteurs.

— Quoi ? hurla Porter, et Windham le fit taire d'un air affolé.

— Court-circuiter les moteurs, répéta Stuart. Ça détruirait le vaisseau, bien entendu, mais n'est-ce pas là ce que nous cherchons à faire ?

Les lèvres de Leblanc s'étaient décolorées.

— Je ne crois pas que ça marcherait.

— On n'en sera jamais sûrs avant d'essayer. Mais qu'est-ce que nous avons à perdre ?

— Nos vies, Nom de Dieu ! cria Porter. Espèce de maniaque dingue, vous êtes fou.

— Si je suis un maniaque, dit Stuart, et, en plus

dingue, alors, je suis fou, naturellement. Mais rappelez-vous seulement que si nous perdons nos vies, ce qui est extrêmement probable, nous ne perdons rien qui représente une valeur quelconque pour la Terre ; tandis que si nous détruisons le vaisseau, ce qui est fort possible, nous ferons beaucoup de bien à la Terre. Quel patriote hésiterait ? Qui, ici, ferait passer sa vie avant le bien de son monde ?

Il regarda autour de lui en silence.

— Sûrement pas vous, Colonel Windham.

Windham fut pris d'une violente quinte de toux.

— Mon cher Monsieur, là n'est pas la question. Il doit bien y avoir un moyen de sauver le vaisseau pour la Terre *sans* perdre nos vies, non ?

— D'accord. Nommez-le.

— Réfléchissons tous. Maintenant, il n'y a que deux Kloros à bord. Si l'un de nous pouvait se glisser...

— Comment ? Tout le reste du vaisseau est rempli de chlore. Il faudrait porter une combinaison spatiale. La pesanteur, dans leur partie du vaisseau, a été relevée au niveau de la pesanteur sur les planètes Kloro. De sorte que celui qui tirerait la courte paille pour y aller serait lent et lourd, bougeant avec peine, métal sur métal. Oh, il pourrait se glisser jusqu'à eux, d'accord, — comme un putois essayant de passer inaperçu sous le vent.

— Alors, laissons tomber, dit Porter d'une voix tremblante. Ecoutez, Windham, pas question de détruire le vaisseau. Ma femme compte beaucoup pour moi, et si l'un de vous tente quelque chose de ce genre, j'appelle les Kloros.

— Eh bien, dit Stuart, voilà notre héros numéro un.

Leblanc dit :

— Je veux retourner sur Terre, mais...

Mullen l'interrompit :

— Je ne crois pas que nous ayons de grandes chances de détruire le vaisseau, à moins que...

— Héros numéros deux et trois. Et vous, Polyorketes ? Ça vous donnerait l'occasion de tuer deux Kloros.

— Je veux les tuer à mains nues, grogna le fermier en serrant les poings. Sur leur planète, j'en tuerai des douzaines.

— Belle promesse, et de tout repos pour le moment. Et vous, Colonel ? vous ne voulez pas marcher à la mort et à la gloire avec moi ?

— Votre attitude est cynique et très déplacée, Stuart. Il est évident que, si les autres se retirent, notre plan tombe à l'eau.

— A moins que je ne l'éxécute moi-même, hein ?

— Non, vous entendez ! dit vivement Porter.

— Bien sûr que non, acquiesça Stuart. Je n'ai jamais prétendu être un héros. Je ne suis qu'un patriote moyen, parfaitement d'accord pour aller où on m'emmène et pour y attendre tranquillement la fin de la guerre.

Mullen dit en pesant ses mots :

— Bien entendu, *il y a* une façon de surprendre les Kloros.

Cette affirmation serait tombée à plat si Polyorketes ne l'avait pas relevée. Il pointa un gros index crasseux et éclata d'un rire méprisant.

— Mr le Comptable ! dit-il. Mr le Comptable est un grand braillard comme ce sale espion des verts, Stuart. D'accord, Mr le Comptable, allez-y. Vous aussi vous faites de grands discours. Laissez ses paroles rouler comme un tonneau vide.

Il se tourna vers Stuart et répéta d'un ton venimeux :

— Tonneau vide ! Mains-coupées et tonneau vide. Bon à rien, qu'à parler.

La voix douce de Mullen ne pouvait pas dominer celle de Polyorketes avant qu'il eût fini, mais il dit alors, en parlant directement à Stuart :

— Ce devrait être possible de les atteindre du dehors. Cette pièce a un Vide-C, j'en suis sûr.

— Qu'est-ce que c'est qu'un Vide-C ? demanda Leblanc.

Stuart dit, d'un ton moqueur :

— C'est un euphémisme, mon petit. Son vrai nom, c'est « Vide cadavres ». On n'en parle pas beaucoup, mais toutes les pièces principales d'un vaisseau en sont pourvues. Ce sont de petits sas dans lesquels on fait glisser les cadavres. Enterrement dans l'espace. Avec beaucoup de sentiments et de têtes inclinées, avec le capitaine qui fait des discours ronflants, du genre que Polyorketes n'aime pas.

Le visage de Leblanc se crispa.

— Passer par là pour quitter le vaisseau ?

— Pourquoi pas ? Superstitieux ? — continuez, Mullen.

Le petit homme avait attendu patiemment. Il dit :

— Une fois dehors, on pourrait rentrer dans le vaisseau par les tuyères de direction. C'est faisable, — avec de la chance. Et alors, il y aurait un visiteur inattendu dans la salle de pilotage.

Stuart le fixa, intrigué.

— Comment avez-vous pensé à cela ? Qu'est-ce que vous savez sur les tuyères de direction ?

Mullen toussa.

— Vous voulez dire, parce que je travaille dans les boîtes en carton ? Eh bien...

Il rougit, attendit un moment, puis reprit d'une voix blanche et monocorde :

— Ma compagnie, qui fabrique des boîtes fantaisies en carton, et des boîtes pour les articles de nouveauté, eut un jour l'idée de fabriquer des boîtes de bonbons en forme de cosmonefs pour les enfants. Elles étaient conçues de telle sorte que, quand on tirait sur une ficelle, de petits compartiments sous pression se trouvaient percés, et des jets d'air comprimés s'échappaient par des tuyères de direction, propulsant la boîte à travers la pièce et semant partout des bonbons. En théorie, les enfants devaient trouver ça très excitant de jouer avec le cosmonef, et très amusant de chercher les bonbons.

« En fait, ce fut un échec complet. Le cosmonef brisait des assiettes, et parfois frappait un autre enfant en plein dans les yeux. Ce qui est encore pire, les enfants ne se contentaient pas de chercher les bonbons, ils se battaient entre eux pour les avoir. Ce fut presque notre plus grave échec. On y perdit tout ce qu'on voulut.

« Toutefois, pendant la conception des boîtes, tout le personnel s'y était beaucoup intéressé. C'était une sorte de jeu, assez mauvais pour le rendement et la morale du bureau. Pendant un certain temps, nous étions tous devenus des experts en tuyères de direction. Je lus pas mal de livres sur la construction des cosmonefs. Pendant mes loisirs, pas pendant le travail, quand même.

Stuart était intrigué. Il dit :

— Vous savez, c'est une idée de roman, mais ça pourrait marcher quand même si on avait un héros de trop. Est-ce que c'est le cas ?

— Pourquoi pas vous ? demanda Porter avec indignation. Vous passez votre temps à ricaner et à nous lancer des vannes, mais vous n'avez pas l'air pressé de vous porter volontaire.

— C'est parce que je ne suis pas un héros, Porter. Je l'admets. Mon objectif, c'est de rester en vie, et déambuler dans des tuyères de direction ne me paraît pas le moyen le plus sûr d'y parvenir. Mais vous autres, vous êtes de nobles patriotes. C'est le Colonel qui le dit. Et vous, colonel ? Vous êtes le chef des héros, ici.

Windham dit :

— Si j'étais plus jeune, nom d'un chien, et si vous aviez vos mains, je me ferais un plaisir, Monsieur, de vous donner une bonne râclée.

— Je n'en doute pas, mais ce n'est pas une réponse.

— Vous savez très bien qu'à mon âge et avec ma jambe, — il posa sa paume sur son genou raide, — je ne suis pas en état de faire une chose de cette nature, quel que soit le désir que j'en ai.

— Ah oui, dit Stuart, et moi-même, je suis infirme des mains, comme dit Polyorketes. Cela nous sauve. Et de quelles difformités regrettables les autres sont-ils affligés ?

— Ecoutez, cria Porter, je voudrais bien savoir où vous voulez en venir. Comment quelqu'un peut-il passer par les tuyères de direction ? Et si les Kloros s'en servent pendant qu'on est dedans ?

— Et alors, Porter, ça fait partie du sport. C'est là que ça commence à devenir excitant.

— Mais c'est un coup à être bouilli dans sa peau, comme un homard.

— Belle image, mais tout à fait fausse. La vapeur ne jaillirait que pendant très peu de temps, peut-être une seconde ou deux, et l'insulation de la combinaison tiendrait le coup. De plus, la vapeur est éjectée à une vitesse de plusieurs centaines de kilomètres à la minute, de sorte que vous seriez loin du vaisseau avant que la vapeur ait même eu le temps de vous réchauffer. En fait, vous seriez projeté à plusieurs kilomètres dans l'espace, et après ça, vous seriez bien à l'abri des Kloros. Bien entendu, vous ne pourriez pas revenir au vaisseau.

Porter suait à grosses gouttes.

— Allez, vous ne me faites pas peur, Stuart.

— Non ? Alors, vous êtes volontaire ? Avez-vous bien pensé à ce que c'est que d'être perdu dans l'espace ? Vous êtes seul, vous savez ; vraiment seul. Le jet de vapeur vous projettera au loin en vous faisant tournoyer rapidement sur vous-même, probablement. Ça vous ne le sentirez pas. Vous aurez l'impression d'être immobile. Mais toutes les étoiles se mettront à tourner sans fin autour de vous, de sorte qu'elles sembleront des lignes dans l'espace. Elles ne s'arrêteront jamais. Elles ne ralentiront même pas. Puis, votre système de chauffage lâchera, puis ce sera le tour de l'oxygène, et alors, vous commencerez à mourir lentement. Vous aurez tout le temps de réfléchir. Ou encore, si vous êtes pressé, vous pourrez ouvrir votre combinaison. Ça, ce ne sera pas agréable non plus. J'ai vu les visages d'hommes dont les combinaisons avaient été déchirées par accident, et c'est assez affreux. Mais ce serait plus rapide. Alors...

Porter se détourna et s'éloigna d'un pas chancelant.

Stuart dit d'un ton léger :

— Un échec de plus. Un acte d'héroïsme reste à adjuger au plus offrant, aucune enchère n'ayant encore été faite.

Polyorketes prit la parole et dit d'une voix dure :

— Continuez à parler, Mr Grande Gueule. Faites résonner le tonneau vide. Mais il y a bien quelqu'un qui vous fera rentrer les mots dans la gorge. Il y en a même un qui serait d'accord pour le faire tout de suite, hein, Mr Porter ?

Le regard que Porter jeta à Stuart confirma la vérité de la remarque de Polyorketes, mais il ne dit rien.

Stuart dit :

— Alors, et vous, Polyorketes ? Vous êtes l'homme

courageux qui veut se battre à mains nues. Vous voulez que je vous aide à passer une combinaison ?

— Quand je voudrai de l'aide, je vous le dirai.

— Et vous, Leblanc ?

Le jeune homme recula craintivement.

— Même pas pour retrouver Margaret ?

Mais Leblanc ne put que secouer la tête.

— Mullen ?

— Eh bien... je vais essayer.

— Vous allez quoi ?

— J'ai dit oui. Je vais essayer. Après tout, c'est mon idée.

Stuart avait l'air stupéfait.

— Vous parlez sérieusement ? Comment ça se fait ?

Mullen pinça les lèvres.

— Parce que personne d'autre ne veut y aller.

— Mais ça n'est pas une raison. Surtout pour vous.

Mullen haussa les épaules.

Stuart entendit les coups sourds d'une canne derrière lui. Windham le frôla en passant.

Il dit :

— Vous avez vraiment l'intention d'y aller, Mullen ?

— Oui, colonel.

— En ce cas, permettez-moi de vous serrez la main, que diable. Vous me plaisez. Vous êtes un... un Terrien, par Dieu. Après ça, gagnez ou mourez, je porterai témoignage.

Avec embarras, Mullen retira sa main de la prise vigoureuse et vibrante de l'autre.

Et Stuart se contenta de rester debout. Il était dans une situation des plus inhabituelles. Il était, en fait, dans la situation particulière où il se trouvait des plus rarement.

Il n'avait rien à dire.

La tension n'était plus la même. La frustration et la tristesse s'étaient un peu dissipées, et avaient fait place à l'excitation de la conspiration. Même Polyorketes tripotait les combinaisons, et, de sa voix rauque, faisait de brefs commentaires quant à leurs qualités respectives.

Mullen avait certains ennuis. La combinaison tombait sur lui comme un sac, bien qu'on eût serré au maximum les jointures ajustables. Il attendait, debout, et il ne restait plus que le casque à visser. Il tourna la tête de droite et de gauche.

Stuart tenait le casque, à grand effort. Il était lourd, et ses mains artiplasmiques avaient du mal à le maintenir. Il dit :

— Grattez-vous le nez si ça vous démange. C'est votre dernière chance pour un bon bout de temps.

Il n'ajouta pas : « Peut-être pour toujours », mais il le pensa.

Mullen dit d'une voix atone :

— Je crois que je ferais bien d'emporter un cylindre d'oxygène de secours.

— Bonne idée.

— Avec valve ajustable.

Stuart hocha la tête.

— Je comprends à quoi vous pensez. Si vous êtes projeté loin du vaisseau, vous pourriez essayer d'y revenir en utilisant le cylindre comme un moteur à réaction.

Ils vissèrent le casque et lui bouclèrent le cylindre d'oxygène supplémentaire autour de la taille. Polyorketes et Leblanc le soulevèrent jusqu'à l'ouverture béante du Vide-C. Il y régnait des ténèbres menaçantes, le métal du conduit ayant été peint du plus beau noir. Stuart eut l'impression d'y détecter une odeur de moisi, mais il savait que ce n'était qu'une illusion de son imagination.

Il interrompit l'action quand Mullen eut à moitié disparu dans le tube. Il tapa sur la plaque du casque du petit homme.

— Vous m'entendez ?

A l'intérieur, il vit un hochement de tête affirmatif.

— L'air arrive bien ? Pas d'ennui de dernière minute ?

Mullen leva son bras caparaçonné en un geste rassurant.

— N'oubliez pas : ne vous servez pas de la radio dehors. Les Kloros pourraient capter les signaux.

A contrecœur, il fit un pas en arrière. Les mains tannées de Polyorketes abaissèrent Mullen dans le conduit, jusqu'au moment où ils entendirent le bruit sourd des semelles en métal cognant contre la valve extérieure. La valve intérieure se referma alors avec un bruit terriblement fatidique, le joint de silicone s'appliquant étroitement contre l'ouverture avec un sifflement sinistre. Ils la fixèrent solidement.

Stuart, était debout près de la manette contrôlant l'ouverture de la valve extérieure. Il la leva, et l'aiguille indiquant la pression de l'air dans le tube tomba à zéro. Une minuscule lumière rouge s'alluma, les avertissant que la valve extérieure était ouverte. Puis la lumière s'éteignit, la valve se referma, et l'aiguille remonta lentement à quinze livres.

Ils rouvrirent la valve intérieure et trouvèrent la conduite vide.

Polyorketes parla le premier. Il dit :

— Ce petit mec de rien du tout ! Il y est allé !

Il regarda les autres d'un air émerveillé.

— Il est petit, mais qu'est-ce qu'il a dans le buffet !

Stuart dit :

— Ecoutez, on ferait bien de se préparer à tout. Il se peut que les Kloros aient entendu les valves s'ouvrir et se fermer. Dans ce cas, ils vont venir voir, et il faudra qu'on couvre ses arrières.

— Comment ? demanda Windham.

— Ils ne verront pas Mullen ici. On dira qu'il est aux toilettes. Les Kloros savent que ça fait partie des particularités des Terriens qu'ils n'aiment pas qu'on aille les y déranger, et ils n'essayeront pas d'aller vérifier. Si on peut les empêcher...

— Et s'ils attendent ou s'ils vérifient les combinaisons spatiales ? demanda Porter.

Stuart haussa les épaules.

— Espérons qu'ils n'iront pas voir. Et surtout, Polyorketes, n'allez pas faire du foin s'ils viennent.

Polyorketes grogna.

— Avec le petit gars dehors ? Pour qui vous me prenez ?

Il fixa Stuart sans animosité, puis se gratta vigoureusement le crâne.

— Vous savez, je me suis moqué de lui. Je lui trouvais un air de vieille fille. J'en ai honte.

Stuart s'éclaircit la voix. Il dit :

— Ecoutez, j'ai dit des choses qui n'étaient pas si drôles que ça, après tout, maintenant que j'y réfléchis. Je voudrais vous dire que je le regrette.

Il se détourna d'un air maussade et alla à son lit. Il entendit des pas derrière lui, et sentit qu'on lui touchait le bras. Il se retourna. C'était Leblanc.

Le jeune homme dit doucement :

— Je n'arrête pas de me dire que Mr Mullen est un vieil homme.

— Eh bien, ce n'est plus un enfant. Il doit avoir dans les quarante-cinq-cinquante ans, je pense.

Leblanc dit :

— Croyez-vous, Mr Stuart, que j'aurais dû y aller ? Je suis le plus jeune ici. Je n'aime pas l'idée d'avoir laissé partir un vieil homme à ma place. Ça me tracasse beaucoup.

— Je sais. S'il meurt, ce ne sera pas drôle.

— Mais il s'est porté volontaire. On ne l'a pas obligé, hein ?

— N'essayez pas d'échapper à vos responsabilités, Leblanc. Vous ne vous en sentirez pas mieux. Nous avions tous de meilleurs motifs que lui de prendre le risque.

Et Stuart resta assis, à réfléchir en silence.

Mullen sentit l'obstacle céder sous ses pieds, et les murs glisser vite autour de lui, trop vite. Il savait que c'était l'air qui, s'échappant dans l'espace, l'entraînait avec lui. Il se freina frénétiquement des mains et des pieds contre les murs. Les cadavres étaient censés être éjectés loin du vaisseaux, mais il n'était pas un cadavre, — enfin, pas encore.

Ses pieds dépassèrent l'ouverture et se mirent à ballo-ter dans le vide. Puis il entendit le « clac » d'une botte magnétique contre la coque, juste au moment où le reste de son corps jaillissait comme un bouchon sous pression. Il chancela dangereusement au bord du trou dans le vaisseau, — il avait soudain changé d'orientation, et il le surplombait maintenant, — puis il recula d'un pas tandis que le couvercle de la valve s'abaissait et venait s'ajuster doucement contre la coque.

Il se sentit écrasé par un sentiment d'irréalité. Sûrement que ce n'était pas lui, debout sur la coque d'un cosmonef. Pas Randolph F. Mullen. Si peu d'humains pouvaient s'en vanter, même de ceux qui voyagent constamment dans l'espace.

Il ne prit conscience que peu à peu qu'il avait mal A

jaillir ainsi hors du trou avec une botte fixée à la coque, il avait été littéralement plié en deux. Il essaya de bouger, avec précautions, et découvrit que ses mouvements étaient désordonnés, presque impossibles à contrôler. Il *croyait* qu'il n'avait rien de cassé, mais pourtant, il semblait avoir des déchirures musculaires au côté gauche.

Puis, il se reprit, et remarqua que les lampes-bracelets de sa combinaison étaient allumées. C'est leur lueur qui l'avait un peu éclairé dans les ténèbres du Vide-C. Il eut un geste de nervosité à la pensée que, de l'intérieur, les Kloros pouvaient avoir vu les deux spots lumineux et jumeaux se mouvoir sur la coque extérieure. Il poussa l'interrupteur à la taille de la combinaison.

Mullen ne s'était jamais imaginé que, debout sur le cosmonef, il ne verrait pas la coque. Mais il faisait noir, noir dessous et noir dessus. Il y avait les étoiles, petites taches dures, brillantes sans dimensions. Sinon, rien. Rien nulle part. Sous ses pieds, pas même les étoiles, — *pas même ses pieds.*

Il se pencha en arrière pour regarder les étoiles. La tête lui tourna. Elles bougeaient lentement. Ou, plutôt, elles étaient immobiles et le vaisseau était animé d'un mouvement de rotation, mais ses yeux n'en croyaient rien. *Elles* bougeaient. Ses yeux les suivaient, — en bas et derrière le vaisseau. Et de nouvelles étoiles, en haut et au-dessus, de l'autre côté. Un horizon noir. Le vaisseau n'était qu'une région où il n'y avait pas d'étoiles.

Pas d'étoiles ? Il y en avait pourtant une presque à ses pieds. Il faillit se baisser pour l'atteindre, puis il réalisa que ce n'était qu'un reflet dans le métal miroitant.

Ils se déplaçaient à des milliers de kilomètres à l'heure. Les étoiles existaient. Le vaisseau existait. Il existait. Mais ça ne voulait rien dire. Pour ses sens, seuls existaient le silence et les ténèbres, et le lent mouvement des étoiles. Ses yeux suivaient ce mouvement...

Et sa tête, dans son casque, heurta la coque avec un tintement léger.

Paniqué, il tâta autour de lui avec ses gros gants de silicone. Ses pieds étaient fermement aimantés à la coque, c'était vrai, mais le reste de son corps était plié en arrière, à angle droit à partir des genoux. Il n'y avait pas de pesanteur à l'extérieur du vaisseau. S'il partait en arrière, il n'y avait rien pour tirer vers le haut la partie supérieure de son corps, et avertir ses articulations qu'elles fléchissaient. Son corps restait dans la position où il le mettait.

Il poussa frénétiquement sur la coque, et son torse partit vers le haut comme une balle, mais ne s'arrêta pas à la verticale. Il tomba en avant.

Il essaya de se mouvoir plus lentement, s'équilibrant des deux mains contre la coque, jusqu'à ce qu'il soit en position accroupie. Puis, en haut. Très lentement. Tout droit. Les bras en balancier.

Il était debout, maintenant, la tête légère et le cœur dans la gorge.

Il regarda autour de lui. Mon Dieu, où étaient les tuyères de direction ? Il ne les voyait pas. Elles étaient noires sur noir, rien sur rien.

Vite, il alluma ses lampes-bracelets. Dans l'espace, il n'y a pas de rayons, seulement des taches nettes et elliptiques d'acier bleu qui lui renvoyaient la lumière. Là où la lumière frappait un rivet, elle projetait une ombre, nette comme une lame et noire comme l'espace, la région éclairée s'illuminant d'une lumière dure et sans diffusion.

Il bougea les bras, son corps se balançant doucement dans la direction opposée ; action et réaction. La vision d'une tuyère de direction, avec ses parois lisses et cylindriques bondit vers lui.

Il essaya de se diriger vers elle. Son pied était solidement maintenu à la coque. Il le tira et il se souleva, luttant contre des sables mouvants qui cédaient rapidement. Trois pouces plus haut, il était presque libre ; six pouces plus haut, et il eut l'impression qu'il allait s'envoler.

Il avança le pied et le descendit, et il le sentit rentrer dans les sables mouvants. Quand la semelle ne fut plus qu'à deux pouces de la coque, il en perdit le contrôle, et elle alla claquer à grand bruit contre le métal. Sa combinaison lui transmit les vibrations, les amplifiant à ses oreilles.

Il stoppa net, frappé de terreur. Les déshydrateurs qui asséchaient l'atmosphère à l'intérieur de la combinaison ne purent venir à bout du flux soudain de transpiration qui lui inonda le front et les aisselles.

Il attendit, puis essaya de nouveau de lever le pied, — juste d'un pouce, le maintenant là en force, puis il le déplaça horizontalement. Le mouvement horizontal ne demandait aucun effort ; c'était un mouvement perpendiculaire aux lignes de forces magnétiques. Mais, ce faisant, il fallait éviter que son pied ne s'abattît brusquement sur la coque, puis l'y reposer doucement.

Il souffla sous l'effort. Chaque pas était une agonie. Les tendons de ses genoux craquaient, et il lui semblait que des couteaux s'enfonçaient dans ses flancs.

Mullen s'arrêta pour que sa sueur puisse sécher. Ça ne l'avancerait à rien d'avoir sa visière couverte de buée. Il alluma ses lampes-bracelets ; la tuyère de direction était juste devant lui.

Il y en avait quatre, à quatre-vingt-dix degrés d'intervalle, formant une sorte de ceinture au milieu du vaisseau, et qui éjectaient de la vapeur suivant des angles variables. C'était, bien entendu, pour les corrections de trajectoire « subtiles ». Les puissants réacteurs, à l'avant et à l'arrière du vaisseau, de même que les moteurs hyperatomiques servant aux Sauts dans l'hyperespace, étaient chargés des corrections « grossières ».

Mais, de temps en temps, il fallait modifier légèrement la direction du vol, et les tuyères de direction entraient en action. Fonctionnant une par une, elles pouvaient faire aller le vaisseau en haut, en bas, à gauche ou à droite. Marchant par deux, et éjectant la vapeur en quantité appropriée, elles faisaient tourner le vaisseau dans n'importe quelle direction désirée.

Elles n'avaient subi aucune modification depuis des siècles, leur mécanisme étant trop simple pour être amélioré. La pile atomique transformait en vapeur l'eau contenue dans un réservoir hermétiquement fermé, la portant, en moins d'une seconde, à une température où elle aurait pu se transformer en un mélange d'oxygène et d'hydrogène, puis en un mélange d'électrons et d'ions. Peut-être même cette fission se produisait-elle. Personne ne se soucia jamais de vérifier : ça marchait, on n'en demandait pas plus.

Quand le point critique était atteint, une valve s'ouvrait, livrant passage à un jet de vapeur, court mais d'une puissance incroyable. Et le vaisseau, inévitablement et majestueusement, partait dans la direction opposée, tournant autour de son centre de gravité. Quand l'angle de la course était suffisamment modifié, on éjectait un autre jet de vapeur, de puissance égale mais de direction opposée, et la trajectoire était stabilisée. Le vaisseau continuait à se déplacer à sa vitesse originelle, mais dans une nouvelle direction.

Mullen s'était traîné jusqu'à l'ouverture de la tuyère. Il se voyait, — une petite tache titubant à l'extrême limite d'une structure sortant d'un ovoïde qui avalait l'espace à la vitesse de quinze mille kilomètres à l'heure.

Mais il n'y avait pas de courant d'air pour l'arracher à la coque, et ses semelles magnétiques le retenaient plutôt plus fermement qu'il n'aurait voulu.

Poignets allumés, il se pencha pour regarder à l'intérieur de la conduite, et le navire tomba sous lui au moment où son orientation changeait. Il tendit le bras pour se retenir, mais il n'était pas en train de tomber. Il n'y a ni haut ni bas dans l'espace, à part ce que son esprit troublé choisissait de nommer haut et bas.

Le cylindre était juste assez large pour livrer passage à un homme, afin qu'on puisse y entrer pour faire des réparations éventuelles. Sa lumière accrocha des barreaux, presque juste en face de lui, de l'autre côté de l'ouverture. Il poussa un soupir de soulagement. Certains vaisseaux n'avaient pas d'échelle.

Il se dirigea vers elle, et le bateau semblait glisser et se tordre sous lui à chacun de ses mouvements. Il passa un bras dans l'ouverture de la conduite, libéra ses deux pieds, et se hissa à l'intérieur.

Son estomac, noué depuis le début, se convulsa violemment. S'ils décidaient de manœuvrer le vaisseau, si, maintenant, la vapeur allait s'échapper en sifflant...

Il ne l'entendrait jamais ; ne le saurait jamais. Il serait accroché à un barreau, en cherchant un autre à tâtons, et, une fraction de seconde plus tard, il serait seul dans l'espace, le vaisseau n'étant plus qu'un néant noir, si noir, perdu à jamais parmi les étoiles. Il y aurait, peut-être, une gloire éphémère de cristaux de glace autour de lui, se reflétant dans ses lumières de poignet, s'approchant lentement et tourbillonnant autour de lui, attirés par sa masse comme des planètes infinitésimales attirées par un soleil minuscule.

De nouveau, il était inondé de sueur, et tenaillé par la

soif. Il essaya de ne pas y penser. Impossible de boire avant d'être sorti de sa combinaison, — si ça lui arrivait jamais.

Un échelon, puis un autre, et encore un autre. Combien y en avait-il ? Ses mains glissèrent, et il fixa d'un œil incrédule quelque chose qui scintillait sous ses lampes.

De la glace ?

Pourquoi pas ? La vapeur, aussi incroyablement chaude fût-elle, frappait du métal dont la température approchait le zéro absolu. Dans les quelques fractions de seconde que durait le jet, le métal n'avait pas le temps de se réchauffer au-dessus de la température de congélation de l'eau. Une couche de glace se formait, qui devait se sublimer lentement dans le vide. Seule la vitesse à laquelle tout se passait empêchait la fusion des conduites et du réservoir d'eau lui-même.

Ses mains tâtonnantes atteignirent le bout de l'échelle. Lumière. Il regarda avec horreur le gicleur de vapeur, d'un demi-pouce de diamètre. Il avait l'air mort, inoffensif. Mais il en aurait toujours l'air, jusquà la microseconde précédant...

Autour, il y avait la valve obturatrice, pivotant autour du moyeu central, muni de ressorts du côté de l'espace, et vissé du côté du vaisseau. Les ressorts lui permettaient de céder un peu sous la pression première de la vapeur, avant qu'elle ait pu surmonter la formidable inertie du vaisseau. La vapeur s'échappait dans la chambre intérieure, brisant la force du jet, laissant l'énergie totale inchangée, mais la répartissant dans le temps, de sorte qu'il y avait moins de danger que la coque fût perforée.

Mullen se cala solidement sur un barreau, et poussa sur la valve obturatrice qui céda un peu. Les ressorts étaient durs, mais ils n'avaient pas besoin de se détendre beaucoup, juste assez pour que la valve accroche la vis. Il sentit que ça accrochait.

Il la saisit et tourna, sentant son corps se tordre dans la direction opposée. Ça tenait bon, la vis absorbant la tension, tandis qu'il ajustait le bouton de contrôle qui libérait les ressorts. Comme il se souvenait des livres qu'il avait lus !

Maintenant, il était dans un espace compris entre deux valves, assez grand pour contenir un homme, ceci encore en vue de réparations éventuelles. Il ne pouvait plus être éjecté du vaisseau. Si l'on émettait de la vapeur, maintenant, il serait simplement plaqué contre la valve intérieure, — assez fort pour être réduit en bouillie. Mort rapide, qu'au moins il n'aurait pas le temps de sentir.

Lentement, il détacha son cylindre d'oxygène de secours. Maintenant, il n'y avait plus que la valve intérieure entre lui et la salle de pilotage. Cette valve s'ouvrait vers l'extérieur, sur l'espace, de façon à ce que le jet de vapeur ne puisse que la fermer hermétiquement, et non pas l'ouvrir. Et elle était étroitement et parfaitement ajustée. Il n'y avait aucun moyen de l'ouvrir à l'extérieur.

Il se hissa au-dessus de la valve, appuyant son dos courbé contre la surface intérieure de l'entre-valves. Il respirait avec efforts. Le cylindre de secours brinqueballait bizarrement. Il en redressa le tube en réseau métallique, le frappant contre la valve intérieure, et produisant ainsi de sourdes vibrations. Encore et encore...

Cela *devrait* attirer l'attention des Kloros. Ils devraient être *forcés* de venir voir.

Mais il n'avait aucun moyen de savoir quand ils s'y décideraient. Ordinairement, ils laisseraient d'abord entrer de l'air dans l'espace inter-valves, pour fermer hermétiquement la valve extérieure. Mais maintenant, la valve extérieure était montée sur la vis centrale, loin de l'ouverture qu'elle fermait habituellement. L'air fuserait autour sans aucun effet, avant de se perdre dans l'espace.

Mullen continua de taper. Est-ce que les Kloros regarderaient la jauge d'air, remarqueraient qu'elle était presque à zéro, ou bien est-ce qu'ils tiendraient pour acquis qu'elle fonctionnait normalement ?

Porter dit :

— Ça fait une heure et demie qu'il est parti.

— Je sais, dit Stuart.

Ils étaient tous nerveux et agités, mais toute tension avait disparu entre eux. C'était comme si toutes leurs émotions s'étaient concentrées sur la coque du navire.

Porter était tourmenté. Sa philosophie personnelle avait toujours été des plus simples, — occupe-toi de toi-même, car personne ne s'en occupera pour toi. Ça le tracassait de la voir ébranlée.

Il dit :

— Vous croyez qu'ils l'ont pris ?

— S'ils l'avaient attrapé, on aurait eu de leurs nouvelles, répliqua Stuart d'un ton sec.

Porter sentit, avec un désagréable petit pincement au cœur, que personne ne semblait avoir envie de parler avec lui. Il comprenait ça, il n'avait rien fait qui pût lui gagner leur respect. A ce moment, un torrent de justifications déferla dans son esprit. Les autres aussi avaient eu peur. Un homme a le droit d'avoir peur. Personne n'a envie de mourir. Au moins, il ne s'était pas effondré comme Aristide Polyorketes. Il n'avait pas pleuré, comme Leblanc. Il...

Oui, mais voilà, il y avait Mullen dehors, sur la coque.

— Ecoutez, cria-t-il, pourquoi est-ce qu'il a fait ça ?

Ils se tournèrent vers lui, sans comprendre, mais Porter n'y prêta pas attention. Ça le tourmentait tellement qu'il fallait que ça sorte.

— Je veux savoir pourquoi Mullen est en train de risquer sa vie.

— Cet homme, dit Windham, est un patriote.

— Ah non, pas ça !

Porter était presque hystérique.

— Ce petit gars ne ressent aucune émotion. Il a toujours des raisons pour tout. Et je veux savoir qu'elles sont ces raisons, parce que...

Il ne finit pas sa phrase. Pouvait-il dire que si ces raisons étaient valables pour un petit comptable d'âge mûr elles pourraient l'être bien davantage par lui-même ?

Polyorketes dit :

— Il est très brave, ce petit gars-là, c'est tout.

Porter se leva.

— Ecoutez, dit-il. Il se trouvera peut-être coincé, là dehors. Quoi qu'il fasse, il ne pourra peut-être pas finir seul. Je... je suis volontaire pour aller le chercher.

Il tremblait en disant ça, et il attendit avec appréhension une remarque sarcastique de Stuart. Stuart le fixait, probablement d'un air surpris, mais Porter n'osa pas le regarder pour s'en assurer.

Stuart dit doucement :

— Donnons-lui encore une demi-heure.

Porter leva les yeux, stupéfait. Il n'y avait aucun mépris sur le visage de Stuart. Il était même amical. Ils avaient *tous* l'air amical.

Il dit :

— Et alors...

— Et alors, tous ceux qui se porteront volontaires

tireront à la courte paille, ou autre chose d'aussi démocratique. Qui est volontaire, en plus de Porter ?

Tous levèrent la main ; Stuart aussi.

Mais Porter était heureux. Il s'était porté volontaire le premier. Il lui tardait que la demi-heure soit passée.

Mullen fut pris par surprise. La valve intérieure s'ouvrit brusquement, et le long cou serpentin, presque dépourvu de tête, d'un Kloro surgit, happé par le violent courant de l'air qui s'échappait.

Le cylindre de Mullen s'envola, presque arraché. Après un instant de folle panique, il le rattrapa, le tirant au-dessus du courant d'air, attendant aussi longtemps qu'il le put sans imprudence, pour laisser la première violence se calmer à mesure que l'air de la salle de pilotage s'échappait, puis il le rabattit vers le bas de toutes ses forces.

Il frappa le cou sinueux de plein fouet, et l'écrasa. Mullen, recroquevillé sur la valve, presque entièrement à l'abri du courant d'air, releva et rabaissa son cylindre, frappant la tête, réduisant en bouillie liquide les yeux qui le fixaient. Dans le vide presque parfait, le sang vert était aspiré hors de ce qui restait du cou.

Mullen n'osa pas se laisser aller à vomir, mais il en avait envie.

En détournant les yeux, il recula, saisit la valve extérieure d'une main et lui imprima un mouvement tournant. Pendant quelques secondes, le mouvement continua. Puis, à la fin de la vis, les ressorts s'enclenchèrent automatiquement et la fermèrent. Ce qui restait de l'atmosphère la scella hermétiquement. Les pompes pouvaient maintenant recommencer à remplir la salle de pilotage.

Mullen rampa par-dessus le cadavre écrasé du Kloro et entra dans la salle de pilotage. Elle était vide.

Il eut à peine le temps de le remarquer avant de se retrouver sur les genoux. Il se releva péniblement. La transition de l'apesanteur à la pesanteur l'avait totalement pris par surprise. Et de plus, il s'agissait de la pesanteur des Kloros, de sorte qu'avec sa combinaison spatiale, le poids imposé à son frêle squelette était de cinquante pour cent plus lourd. Pourtant, au moins, ses lourdes bottes de métal ne se collaient plus au sol de façon si exaspérante. A l'intérieur du vaisseau, les murs et les sols étaient en alliage d'aluminium recouvert de liège.

Il amorça un lent mouvement tournant. Le Kloro sans cou s'était effondré et gisait par terre, et seul un spasme occasionnel indiquait qu'il avait été un organisme vivant. Il l'enjamba avec dégoût et referma l'entrée de la tuyère de direction.

La pièce avait une couleur bilieuse et déprimante, et les ampoules donnaient une lumière jaune-verdâtre. C'était l'atmosphère Kloro bien sûr.

Mullen ressentit un choc de surprise et d'admiration récalcitrante. Les Kloros devaient avoir une technique spéciale pour traiter les matériaux et les protéger des effets oxydants du chlore. Même la carte de la Terre, sur le mur, imprimée sur papier plastifié brillant, semblait fraîche et toute neuve. Il s'approcha, attiré par les contours familiers des continents...

Il saisit un mouvement du coin de l'œil. Il se retourna aussi vite qu'il le put dans sa lourde combinaison, et hurla. Le Kloro qu'il croyait mort s'était relevé.

Son cou pendait, tout mou, masse de tissus en bouillie, mais ses bras tendus devant lui tâtonnaient à l'aveuglette, et les tentacules de son torse vibraient rapidement comme d'innombrables langues de serpents.

Il était aveugle, bien sûr. La destruction de son cou

flexible l'avait privé de tous organes des sens, et une asphyxie partielle l'avait désorganisé. Mais le cerveau restait intact et à l'abri dans l'abdomen. Il vivait encore.

Mullen recula. Il se déplaça en cercle, essayant maladroitement de marcher sur la pointe des pieds, bien qu'il sût que le Kloro était sourd. Celui-ci trébucha en chemin, alla heurter un mur, tomba à sa base et se mit à le suivre en rampant.

Mullen chercha désespérément une arme, et n'en trouva pas. Il y avait bien le pistolet du Kloro mais il n'osait pas s'en saisir. Pourquoi ne le lui avait-il pas arraché tout de suite ? Quel idiot !

La porte de la salle de pilotage s'ouvrit, presque sans bruit. Mullen se retourna, frissonnant.

L'autre Kloro entra, intact, entier. Il resta un moment sur le seuil, tentacules thoraciques raides et immobiles ; son long cou se tendit en avant ; ses horribles yeux se posèrent d'abord sur lui, puis sur son camarade presque mort.

Enfin ses mains se portèrent rapidement à son côté.

Mullen, machinalement, agit tout aussi vite, par pur réflexe. Il tendit le tuyau du cylindre d'oxygène de secours, que, depuis qu'il était entré dans la pièce, il avait refixé à sa ceinture. Il ouvrit la valve, sans s'inquiéter de réduire la pression. Il le laissa s'écouler librement, de sorte qu'il chancelait presque sous l'effet de recul.

Il *voyait* l'oxygène jaillir. C'était un nuage pâle, s'étendant parmi le vert du chlore. Il surprit le Kloro la main posée sur sa crosse.

Le Kloro leva les mains. Le petit bec du nodule qui lui servait de tête s'ouvrit, comme alarmé, mais n'émit aucun son. Il chancela et s'écroula, se tordit sur le sol un moment puis s'immobilisa. Mullen s'approcha et inonda le corps d'un jet d'oxygène, comme s'il éteignait un feu. Puis il leva sa lourde botte et l'abattit sur le long cou qu'il écrasa sur le sol.

Il se retourna vers le premier. Il était étendu de tout son long, parfaitement rigide.

Toute la pièce était blanche d'oxygène, assez pour tuer des légions entières de Kloros, et son cylindre était vide.

Mullen enjamba le cadavre du Kloro, sortit de la salle de pilotage et suivit le corridor principal en direction de la chambre des prisonniers.

La réaction se faisait. Il gémissait, pris d'une terreur aveugle et incohérente.

Stuart était fatigué. Mains artificielles ou pas, il se trouvait de nouveau aux commandes d'un cosmonef. Deux croiseurs légers de la Terre étaient en route. Depuis plus de vingt-quatre heures, il manœuvrait les contrôles virtuellement seul. Il avait enlevé l'équipement dispensant le chlore, rebranché l'atmosphère normale, fait le point de la position du vaisseau dans l'espace, essayé d'établir un itinéraire, et envoyé des signaux prudents, — qui avaient été captés.

De sorte que, quand la porte s'ouvrit, il en fut contrarié. Il était trop fatigué pour s'amuser à faire la conversation. Puis il se retourna, et vit que c'était Mullen qui entrait.

Stuart dit :

— Pour l'amour du ciel, retournez vous coucher, Mullen !

Mullen dit :

— J'en ai assez de dormir, et pourtant, il n'y a pas si longtemps, je pensais que ça ne m'arriverait jamais plus.

— Comment vous sentez-vous ?

— Je suis raide de partout. Le côté, surtout.

Il fit la grimace, et, involontairement, regarda autour de lui.

— Ne cherchez pas les Kloros, dit Stuart. On les a vidés, les pauvres diables.

Il secoua la tête.

— Je les plains. A leurs yeux, *c'est eux* qui sont les êtres humains, et *nous*, nous sommes les extra-terrestres. Je ne veux pas dire que j'aurais préféré qu'ils vous tuent, vous me comprenez.

— Je vous comprends.

Stuart jeta un long regard en coin au petit homme qui, assis, regardait la carte de la Terre, et continua :

— Je vous dois des excuses toutes particulières et personnelles, Mullen. Je n'avais pas une très haute opinion de vous.

— C'était votre droit, dit Mullen de sa voix réservée.

Elle ne trahissait aucun sentiment.

— Non, je n'en avais pas le droit. Personne n'a le droit de mépriser quelqu'un d'autre. Ce droit, il faut le gagner à la suite d'une longue et dure expérience.

— Vous avez beaucoup pensé à ça ?

— Oui, toute la journée. Je ne peux pas expliquer. C'est peut-être ces mains.

Il les tenait étalées devant lui.

— C'était dur de penser que les autres avaient leurs mains à eux. Je les haïssais à cause de ça. Il fallait toujours que je cherche les motifs qui les faisaient agir pour les rabaisser, que je fasse remarquer leurs faiblesses, que je dévoile leurs stupidités. Il fallait que je fasse n'importe quoi pour me prouver à moi-même qu'ils n'avaient rien d'enviable.

Stuart s'agita nerveusement.

— Cette explication n'est pas nécessaire.

— Si, si !

Stuart ressentait ses pensées avec une grande intensité, mais ne les formulait qu'avec peine.

— Depuis des années, j'avais abandonné tout espoir de trouver une dignité quelconque chez les êtres humains. Et alors, vous êtes entré dans le Vide-C.

— Il vaut mieux que vous compreniez, dit Mullen, que j'y étais poussé par des considérations pratiques et égoïstes. Je ne veux pas vous laisser faire de moi un héros à mes propres yeux.

— Ce n'était pas mon intention. Je sais que vous ne faites rien sans raison. Mais il faut voir l'influence que ça à eu sur nous autres. Ça a transformé un ramassis d'imbéciles en des hommes pleins de dignité. Et ce n'est pas de la magie. La dignité, ils l'avaient tout le temps eue en eux. Mais ils avaient besoin d'un exemple à égaler, et c'est vous qui l'avez donné. Et... je suis dans le même cas que les autres. Il faudra que j'essaye d'égaler votre exemple. Probablement jusqu'à la fin de mes jours.

Mullen se détourna avec embarras. Ses mains lissèrent ses manches, qui n'étaient d'ailleurs pas froissées. Il posa le doigt sur la carte.

Il dit :

— Je suis né à Richmond, Virginie, vous savez. C'est là. Et c'est le premier endroit où je vais aller en arrivant. Où êtes-vous né ?

— A Toronto, dit Stuart.

— C'est là. Ce n'est pas loin sur la carte, hein ?

Stuart dit :

— Je voudrais que vous me disiez une chose.

— Si je peux.

— Pourquoi, au juste, êtes-vous sorti ?

Mullen pinça ses lèvres minces. Il dit avec quelque ironie :

— Est-ce que mes raisons prosaïques ne vont pas enlever à cette action toute valeur d'exemple ?

— Appelez ça de la curiosité intellectuelle, si vous voulez. Nous avions tous des motifs évidents de le faire. Porter était mort de peur à l'idée d'être interné ; Leblanc voulait rejoindre sa fiancée ; Polyorketes voulait tuer des Kloros ; et Windham, suivant ses dires, était un patriote. Quant à moi, je me figurais sous les traits d'un noble idéaliste, j'en ai bien peur. Et pourtant, chez aucun de nous ces motivations n'ont été assez fortes pour nous faire enfiler une combinaison et sortir par le Vide-C. Alors pourquoi vous, l'avez-vous fait, vous surtout ?

— Pourquoi le « vous surtout » ?

— Je ne voudrais pas vous blesser, mais vous avez l'air d'être inaccessible à toutes les émotions.

— Vraiment ?

La voix de Mullen ne changea pas. Elle resta douce et nette, mais elle était pourtant un peu tendue.

— Cela vient de l'entraînement, et de la discipline, Mr Stuart, ce n'est pas naturel. Un homme petit ne peut avoir aucune émotion respectable. Y a-t-il quelque chose de plus ridicule qu'un homme de ma taille qui devient fou de rage ? Je mesure un mètre cinquante et un, et je pèse cent deux livres, pour être précis. Je tiens beaucoup au centimètre et aux deux livres.

« Est-ce que je peux évoluer avec dignité ? Fierté ? Me redresser de toute ma taille sans provoquer les rires ? Est-ce que je peux rencontrer une femme qui ne m'écartera pas immédiatement en pouffant ? Naturellement, j'ai été obligé d'apprendre à me passer des manifestations extérieures des émotions.

« Vous, vous parlez de difformités. Personne ne remarquerait vos mains, ou s'apercevrait qu'elles ne sont pas comme les autres, si vous n'étiez pas si pressé de le dire à tous les gens que vous rencontrez, à l'instant même où vous faites leur connaissance. Croyez-vous que les vingt centimètres qui me manquent peuvent être cachés ? Croyez-vous que ce n'est pas la première chose, et, dans la plupart des cas, la seule chose qu'on remarque chez moi ?

Stuart avait honte. Il s'était immiscé sans aucun droit dans sa vie privée. Il dit :

— Excusez-moi.

— Pourquoi ?

— Je n'aurais pas dû vous forcer à parler de ça. J'aurais dû me rendre compte par moi-même que vous... que vous...

— Que je quoi ? Que j'essayais de me prouver à moi-même ? Que je voulais montrer tout en étant petit de taille, que j'avais le cœur d'un géant ?

— Je ne me serais pas exprimé de façon moqueuse.

— Pourquoi pas ? C'est une idée ridicule, qui n'a rien à voir avec la raison qui m'a poussé à faire ce que j'ai fait. Qu'est-ce que j'aurais gagné, si c'était ça que j'avais eu dans l'idée ? Est-ce qu'ils vont me ramener sur la Terre, me planter devant les caméras de télévision, — en plongée, bien entendu, pour me cadrer le visage, ou en me faisant monter sur une chaise, — et m'épingler des médailles sur la poitrine ?

— C'est bien ce qui pourrait arriver.

— Et à quoi ça m'avancera ? On dira : « Mince, et il est si petit ! » Et après ? Est-ce que je devrai dire à tous les gens que je rencontrerai : « Vous savez, c'est moi qu'ils ont décoré le mois dernier, pour héroïsme inconcevable » ? Combien croyez-vous qu'il faudrait me donner de médailles, Mr Stuart, pour remplacer les vingt centimètres et les trente kilos qui me manquent ?

Stuart dit :

— Expliqué comme ça, je vous comprends.

Maintenant, Mullen parlait légèrement plus vite ; une chaleur contrôlée se sentait dans ses paroles, et les réchauffait un peu, d'une tiédeur comparable à celle de la pièce.

— Il y eut un temps où je pensais que j'allais leur montrer, à tous les « ils » mystérieux qui englobent le monde entier. J'allais quitter la terre, et me tailler un empire pour moi seul. Je serais un nouveau Napoléon, encore plus petit que l'autre. Alors, j'ai quitté la Terre et je suis allé sur Arcturus. Et qu'est-ce que j'ai fait sur Arcturus que je n'aurais pas pu faire sur la Terre ? Rien. Je tiens des livres de comptes. Je suis au-delà de la vanité qui consiste à essayer de se grandir, Mr Stuart.

— Mais alors, pourquoi avez-vous fait ça ?

— J'avais vingt-huit ans quand j'ai quitté la Terre pour le Système Arcturien, et j'y suis resté depuis. Ce voyage représente mes premières vacances, mon premier retour sur Terre depuis tout ce temps. Je devais rester six mois sur la Terre. Au lieu de ça, les Kloros nous ont capturés et nous auraient internés pour une durée indéfinie. Mais je ne pouvais pas, — je *ne pouvais pas* les laisser m'empêcher d'aller sur la Terre. Quel que fût le risque, il fallait que je prévienne leur interférence. Il ne s'agissait pas d'amour pour une femme, de peur, de haine ou d'idéalisme d'aucun sorte. C'était plus fort que tout ça.

Il s'arrêta et tendit la main comme pour caresser la carte sur le mur.

— Mr Stuart, demanda tranquillement Mullen, est-ce que vous avez déjà eu le mal du pays ?

PREFACE A

« EN UNE JUSTE CAUSE... »

Pour les lecteurs, l'éternelle question est de savoir si les vues contenues dans une histoire reflètent les opinions personnelles de l'auteur. La réponse est : « Pas nécessairement... » Pourtant, on devrait ajouter un bref additif : « ... mais le plus souvent ».

Quand j'écris une histoire, dans laquelle des personnages antagonistes ont des points de vue opposés, je fais de mon mieux, dans la mesure de mes possibilités, pour laisser chacun exprimer honnêtement ses propres opinions.

Il y a peu de gens, qui acceptent de dire, avec le Richard III de Shakespeare : « Puisque je ne peux pas être un amant coulant des jours heureux aux paroles de miel, je suis bien décidé à n'être qu'un scélérat. »

Quelle que soit, aux yeux de Dick, la scélératesse de Tom, Tom a sans aucun doute des arguments, qui lui paraissent sincères, pour se prouver à lui-même qu'il n'est pas scélérat du tout. Il est donc ridicule de faire agir un scélérat avec une ostentation de scélératesse (sauf si vous avez le génie de Shakespeare et que vous puissiez faire passer n'importe quoi, — mais j'ai bien peur que ce ne soit pas mon cas.)

Pourtant, j'ai beau essayer d'être impartial, et de présenter honnêtement les vues de chaque personnage, je n'arrive pas à être aussi convaincant en exposant celles que je n'aime pas qu'en développant celles qui me plaisent. De plus, la construction de mes histoires se plie généralement à ma volonté ; la victoire, d'une façon ou d'une autre, a tendance à rester à ceux de mes personnages que j'aime particulièrement. Même si le dénouement est tragique, la conclusion de l'histoire (je déteste employer le mot « morale ») me satisfait généralement.

Bref, si vous laissez de côté les petits détails d'une de mes nouvelles et ne la considérez que dans son ensemble, je crois que le sentiment qu'elle peut vous laisser doit être généralement celui que je ressens moi-même. Il ne s'agit pas de propagande consciente ; mais c'est que je suis, tout simplement, un être humain avec ses émotions propres, et que je ne peux m'empêcher de les laisser affleurer dans mes histoires.

Mais il y a des exceptions...

En 1951, Mr Raymond J. Healy, anthologiste notoire, préparait un recueil de nouvelles inédites de science fiction, et me demanda d'en écrire une. Il ne me spécifia qu'une chose. Il voulait un dénouement contrasté. Ce que, dans mon langage plus simple, je traduisis par « happy end ».

J'écrivis donc un « happy end », mais comme j'essaye toujours de transgresser les règles, par pure bravade, j'essayai d'écrire un « happy end » inattendu, un dénouement tel que le lecteur ne puisse pas découvrir avant l'extrême fin en quoi il peut consister.

Ce n'est qu'après avoir réussi, (je crois) ce tour de force *particulier, et après que la nouvelle eut paru, que je m'aperçus que l'intérêt que j'avais porté à la technique m'avait, pour une fois, rendu aveugle aux idées exprimées. Il se trouve en effet que la nouvelle « En une juste Cause... » ne correspond pas à mes sentiments personnels.*

Groff Conklin, le regretté critique de science fiction, aux vues si pénétrantes, dit un jour qu'il aimait cette nouvelle, bien qu'il fût en désaccord avec sa philosophie, et, à ma courte honte, c'est exactement ce que je ressens moi-même.

Première publication : New Tales of Space and Time, *1951.*

EN UNE JUSTE CAUSE...

Dans la Grande Cour qui forme un îlot de paix parmi les cinquante milles carrés fort animés occupés par les immenses bâtiments où bat la vie des Mondes Unis de la Galaxie, se dresse une statue.

Elle se dresse en un endroit d'où, la nuit, elle peut contempler les étoiles. D'autres statues entourent la cour, mais celle-ci se dresse au centre, toute seule.

Ce n'est pas une très bonne statue. Le visage en est trop noble et manque de vie. Les sourcils sont un poil trop hauts, le nez un poil trop symétrique, les vêtements un poil trop soignés. Le tout est trop beau pour être vrai. Dans la vie, on peut supposer qu'il arrivait à cet homme de froncer les sourcils ou d'avoir le hoquet, mais la statue semble déclarer avec insistance que de telles imperfections étaient tout bonnement impossibles.

Tout cela, bien entendu, est un phénomène très compréhensible de surcompensation. On n'avait pas élevé de statues à cet homme durant sa vie, et les générations postérieures, tout en faisant preuve de lucidité, ne s'en sentaient pas moins coupables à son égard.

Il y a un nom gravé sur le socle : « Richard Sayama

Altmayer. » Au-dessous, une courte phrase, et, l'une au-dessous de l'autre, trois dates. La phrase est la suivante : « *En une juste cause, il n'y a pas d'échecs.* » Les trois dates : 17 juin 2755 ; 5 septembre 2788 ; 21 décembre 2800 ; — en comptant comme à cette époque, c'est-à-dire à partir de la date de la première explosion atomique en 1945 de l'ancienne ère.

Aucune de ces dates n'est celle ou de sa naissance, ou de sa mort. Elles n'indiquent pas non plus la date d'un mariage ou d'une action héroïque, ou de quoi que ce soit que les habitants des Mondes Unis puissent se rappeler avec plaisir et fierté. Elles sont plutôt l'ultime expression d'un sentiment de culpabilité.

Tout simplement, ce sont les trois dates auxquelles Richard Sayama Altmayer fut envoyé en prison pour ses opinions.

1. — *17 juin 2755.*

Il est certain qu'à l'âge de vingt-deux ans Dick Altmayer était capable de colères furieuses. Ses cheveux étaient encore châtain foncé, et il ne portait pas encore la moustache qui, plus tard, serait un de ses signes distinctifs. Il avait, bien entendu, le nez fin et busqué, mais les contours de son visage étaient juvéniles. Ce n'est *que* beaucoup plus tard, son visage s'étant de plus en plus creusé, que ce nez devint le bec proéminent qui est maintenant dans l'esprit de milliards d'écoliers.

Geoffrey Stock se tenait sur le seuil, examinant les effets de la fureur de son ami. Il avait déjà son visage rond et ses yeux froids et attentifs, mais il n'avait pas encore enfilé le premier des uniformes militaires dans lesquels il allait passer le restant de ses jours.

Il dit :

— Grande Galaxie !

Altmayer leva les yeux.

— Hello, Jeff.

— Qu'est-ce qui se passe, Dick ? Je croyais que tes principes t'interdisaient toute destruction, mon vieux. Voilà pourtant une visionneuse de livres qui m'a l'air tout ce qu'il y a de plus détruite.

Il en ramassa les morceaux.

Altmayer dit :

— Je tenais la visionneuse quand ma radio a émis un message officiel. Tu sais lequel, bien sûr.

— Je sais. J'ai reçu le même. Où est-il ?

— Par terre. Je l'ai arraché de la bobine dès que le récepteur l'a eu craché. Attends, je vais le jeter dans le vide-ordures atomique.

— Non, arrête. Tu ne peux pas...

— Pourquoi pas ?

— Parce que ça ne servira à rien. Il faut que tu te présentes.

— Et pourquoi, au juste ?

— Ne fais pas l'idiot, Dick.

— C'est une question de principes, par l'Espace !

— Oh, zut ! Tu ne peux pas te battre contre toute la planète.

— Je n'ai pas l'intention de me battre contre toute la planète. Juste contre les quelques individus qui nous embarquent toujours dans des guerres.

Stock haussa les épaules.

— Autant dire toute la planète. Tes radotages, suivant lesquels les leaders trompent les pauvres innocents pour les faire combattre, c'est du vent. Tu crois que si on faisait voter les gens, ils ne seraient pas, en grande majorité favorables à ce combat ?

— Ça ne veut rien dire, Jeff. Le gouvernement contrôle tous les...

— Tous les organes de propagande, je sais. Il y a

assez longtemps que je t'écoute. Mais pourquoi ne pas te présenter quand même ?

Altmayer se détourna.

Stock dit :

— Et d'abord, ils ne t'accepteront peut-être pas après la visite médicale.

— Si. J'ai déjà voyagé dans l'Espace.

— Ça ne veut rien dire. Si les docteurs te laissent monter dans un cosmonef commercial, ça signifie seulement que tu n'as pas un souffle au cœur ou un anévrisme. Dans un cosmonef militaire, ça ne suffit pas. Comment sais-tu que tu seras pris ?

— C'est à côté de la question, Jeff, et de plus, insultant. Je n'ai pas peur de me battre.

— Tu crois que c'est comme ça que tu pourras arrêter la guerre ?

— Je voudrais le pouvoir, dit Altmayer d'une voix qui tremblait. Mais c'est mon idée que toute l'humanité ne devrait faire qu'un tout unifié. Il ne devrait pas y avoir de guerres ou de flottes spatiales ne servant qu'à détruire. La Galaxie est prête à s'épanouir sous les efforts conjugués de toute la race humaine. Au lieu de ça, les peuples sont morcelés depuis plus de deux mille ans, et nous gâchons la Galaxie.

Stock éclata de rire.

— Mais sommes-nous la seule race intelligente de la Galaxie ?

— Oh, les Diaboli, tes démons personnels, dit Stock en portant ses poings à ses tempes, les deux index pointés en avant.

— Et les tiens aussi, par la même occasion, et ceux de tout le monde. Ils ont un gouvernement unique, s'étendant à plus de planètes que les quatre-vingts planètes occupées par nos chers indépendants.

— Bien sûr, et la plus proche n'est qu'à quinze années-lumière de la Terre, et ils ne peuvent pas vivre sur des planètes à oxygène, de toute façon.

Stock perdit son humeur cordiale. Il dit sèchement :

— Ecoute, je suis passé te dire que je me présenterais la semaine prochaine au conseil de révision. Est-ce que tu viendras avec moi ?

— Non.

— Tu es bien décidé ?

— Bien décidé.

— Tu sais que ça ne servira à rien. La Terre ne va pas flamber d'enthousiasme. Il n'y aura pas des millions de jeunes hommes à faire la grève de la guerre, enflammés par ton exemple. Tout simplement, on te mettra en prison.

— Eh bien, va pour la prison.

Et ce fut la prison, en effet. Le 17 juin 2755 de l'ère atomique, après un court procès au cours duquel Richard Sayama Altmayer refusa de présenter aucune défense d'aucune sorte, il fut condamné à la prison pour trois ans. Il y resta un peu plus de quatre ans et deux mois, époque à laquelle la guerre se termina par une défaite Santanienne nette mais pas écrasante. La Terre y gagna le contrôle absolu de certains astéroïdes disputés, des avantages commerciaux, et la limitation de la flotte santannienne.

Les pertes totales de la guerre s'élevaient à quelque deux mille cosmonefs, avec, bien entendu, la plupart de leurs équipages, et plusieurs millions de vies humaines causées par des bombardements des surfaces planétaires à partir de l'espace. Les flottes des deux puissances belligérantes avaient été suffisamment fortes pour limiter les bombardements aux avant-postes de leurs systèmes respectifs, de sorte que les planètes mêmes, Terre et Santanni, avaient été peu affectées.

A la fin de la guerre, la Terre était la plus grande puissance militaire humaine.

Geoffrey Stock avait fait toute la guerre, participé plus d'une fois à des batailles, et en était malgré tout sorti indemne. A la fin des hostilités, il avait le grade de commandant. Il prit part à la première mission diplomatique envoyée par la Terre dans les mondes des Diaboli, et ce fut le premier pas sur la voie qui devait l'amener à jouer un rôle de plus en plus prépondérant dans la vie militaire et politique de la terre.

2. — *5 septembre 2788.*

C'étaient les premiers Diaboli à être jamais venus sur la Terre. Les affiches cinématographiques et les émissions radiophoniques du Parti Fédéraliste rendaient cela parfaitement clair pour quiconque l'aurait ignoré. Ils répétaient inlassablement la chronologie des événements.

C'étaient vers le début que des explorateurs humains avaient par hasard, découvert les Diaboli. Ils étaient intelligents, et avaient découvert indépendamment les voyages interstellaires un peu avant les humains. Le volume galactique occupé par leurs dominions dépassait déjà celui des dominions de la Terre.

Des relations diplomatiques régulières entre les Diaboli et les principales puissances terrestres avaient commencé une vingtaine d'années plus tôt, immédiatement après la guerre entre Santanni et la Terre. A cette époque, les avant-postes des Diaboli étaient déjà à vingt années-lumière des centres humains les plus éloignés. Leurs missions allaient partout, signant des traités commerciaux, obtenant des concessions sur des astéroïdes inoccupés.

Et maintenant, ils étaient sur la Terre même. Ils étaient traités en tant qu'égaux, et même un peu plus qu'égaux, par les dirigeants du plus grand centre de population humaine de la Galaxie. La statistique la plus accablante de toutes était celle que les Fédéralistes ne se lassaient pas de proclamer partout. C'était la suivante : quoique le nombre des Diaboli vivants fut un peu inférieur au nombre total des humains, l'humanité n'avait ouvert que cinq mondes nouveaux à la colonisation au cours des cinquante dernières années, tandis que les Diaboli avaient commencé l'occupation de cinq cents planètes.

« Cent fois plus que nous, » clamaient les Fédéralistes, « parce qu'ils n'ont qu'une seule organisation politique alors que nous en avons une centaine ». Mais il y avait relativement peu de gens sur la Terre, et encore moins dans toute la Galaxie, qui prenaient au sérieux les Fédéralistes et leurs projets d'Union Galactique.

Les foules qui s'alignaient le long des rues, par lesquelles les cinq Diaboli de la mission passaient presque journellement, pour se rendre de leur suite spécialement climatisée du meilleur hôtel de la ville jusqu'au ministère de la Défense, n'étaient pas hostiles. La plupart étaient simplement curieux, et quelque peu révoltés.

Ce n'était pas quelque chose d'agréable que de regarder les Diaboli. Ils étaient plus grands et considérablement plus massifs que les Terriens. Ils avaient quatre membres inférieurs solides et trapus, et deux bras flexibles pourvus de nombreux doigts. Leur peau était glabre et ridée, et ils ne portaient aucun vêtement. Leurs larges visages écailleux ne portaient aucune expression susceptible d'être interprétée par des humains, et, de deux endroits planes situés juste au-dessus de leurs yeux aux pupilles largement dilatées, saillaient de courtes cornes. C'est ces dernières qui avaient valu leur nom à ces créatures. D'abord, on les avait baptisées « diables ».

puis, plus tard, on avait adopté l'équivalent latin, plus poli.

Chacun d'eux portait deux cylindres sur le dos, d'où partaient des tuyaux flexibles aboutissant aux narines ; ils étaient solidement fixés. Ils étaient remplis de soude qui absorbait l'oxyde de carbone de l'air qu'ils respiraient, et qui était pour eux un violent poison. Leur propre métabolisme était basé sur la réduction du soufre, et parfois, les humains se tenant au premier rang de la foule respiraient une grande bouffée d'hydrogène sulfureux, exhalé par les Diaboli.

Le chef des Fédéralistes se trouvait dans la foule. Il se tenait en retrait, là où il n'attirait pas l'attention de la police qui avait tendu des cordes tout le long de l'avenue, et qui montait une garde vigilante à l'aide des petits scooters sautants qui pouvaient se manœuvrer rapidement dans les foules les plus denses. Le leader fédéraliste avait un visage décharné, avec un nez proéminent, fin et busqué, et des cheveux grisonnants.

Il se détourna.

— Je ne peux pas supporter de les regarder.

Son compagnon était plus philosophe. Il dit :

— En tout cas, moralement, ils ne sont pas plus laids que certains de nos élégants officiels. Au moins, ces créatures sont loyales envers leur race.

— C'est triste à dire, mais tu as raison. Est-ce que nous sommes bien prêts ?

— Tout à fait prêts. Il n'en restera pas un en vie pour retourner sur sa planète.

— Très bien ! Je reste ici pour donner le signal.

Les Diaboli, eux aussi, parlaient. Ce fait n'était pas évident du tout pour les humains, même s'ils se trouvaient tout près d'eux. Bien entendu, ils pouvaient communiquer en émettant des sons ordinaires, mais ce n'était pas la méthode qu'ils préféraient. La peau située entre leurs cornes pouvait vibrer rapidement, sous l'action de muscles, différant par leur morphologie, de tous les muscles connus des humains. Les petites ondes transmises de cette manière à l'air ambiant étaient trop rapide pour que l'oreille humaine les entende, et trop délicates pour être détectées par aucun instrument, à l'exception des plus sensibles. A cette époque, en fait, les humains ignoraient complètement cette forme de communication.

Une vibration dit :

— Saviez-vous que c'est la planète d'origine des Bipèdes ?

— Non.

Ce « non » fut répondu en chœur, puis une vibration dit :

— Vous tenez ça des communications des Bipèdes que vous avez étudiées, bizarre individu ?

— Vous dites ça parce que j'étudie les communications des Bipèdes ? Beaucoup de nos compatriotes auraient intérêt à m'imiter, au lieu de s'obstiner à déclarer que la culture des Bipèdes est absolument sans intérêt. D'abord, nous sommes en position beaucoup plus avantageuse pour discuter avec les Bipèdes si nous les connaissons en partie. Leur histoire est intéressante, dans le genre horrible. Je suis content de m'être obligé à regarder leurs émissions.

— Et pourtant, intervint une autre vibration, d'après nos précédents contacts avec les Bipèdes, on pourrait penser qu'ils ignorent tout de leur planète d'origine. On ne trouve nulle part aucune vénération pour cette planète, et elle ne fait l'objet d'aucun rite commémoratif. Etes-vous sûr que vos informations sont exactes ?

— Parfaitement sûr. L'absence de rites, et le fait que cette planète n'est en aucune façon considérée comme un lieu sacré, est parfaitement compréhensible à la lumière de l'histoire des Bipèdes. Les Bipèdes des autres mondes ne voudraient pas leur faire un tel honneur. Cela rabaisserait, en quelque sorte, la dignité indépendante de leurs propres mondes.

— Je ne comprends pas bien.

— Pour dire vrai, moi non plus, mais, après avoir lu pendant plusieurs jours, il me semble avoir une petite lueur. Il semble qu'à l'origine, au moment où les Bipèdes ont découvert les voyages interstellaires, ils formaient à eux tous une seule unité politique.

— Naturellement.

— Pas pour ces Bipèdes. Cela a constitué une phase tout à fait exceptionnelle dans leur histoire, qui n'a pas duré. Après que les colonies sur les différents mondes se furent développées et furent arrivées à maturité, leur premier soin fut de se rendre indépendantes de leur planète mère. C'est alors que commença la première guerre interstellaire de ces Bipèdes.

— C'est horrible. De vrais cannibales.

— Oui, n'est-ce pas ? Ça m'a troublé la digestion pendant plusieurs jours. Quand je rumine, ça a un goût aigre. Bref, les différentes colonies ont acquis leur indépendance, et c'est alors qu'a commencé la situation que vous connaissez. Tous les royaumes, républiques, et oligarchies des Bipèdes sont constitués par de minuscules groupements de mondes consistant en un monde dominant et quelques mondes subsidiaires, qui, à leur tour, luttent constamment pour acquérir leur indépendance, ou qui passent de la suzeraineté d'un monde dominant à celle d'un autre. La Terre est la plus puissante de tous, et pourtant, moins d'une douzaine de mondes reconnaissent son autorité.

— Il est incroyable que ces créatures soient si aveugles à leur propre intérêt. N'ont-ils donc pas

ture, pouvait être utilisée pour parler. Elle s'ouvrait, révélant des gencives nues à l'endroit où les incisives auraient dû se trouver. Elle restait ouverte pendant la locution, les bloquages nécessaires à la prononciation des consonnes étant effectués par le palais et l'arrière de la langue. Le résultat était enroué et confus, mais compréhensible.

Le Diabolus dit :

— Pardonnez-nous, mais nous souffrons déjà.

Et, par ses vibrations frontales, il continua sans être entendu :

— Ils veulent nous étouffer dans leur atmosphère viciée. Il faut que nous demandions de plus grands cylindres pour absorber le poison.

Le Ministre de la Défense dit :

— Je sympathise avec vous, mais voici peut-être la seule occasion que j'aurais jamais de m'entretenir avec vous. Peut-être nous ferez-vous l'honneur de dîner avec nous.

Le Terrien placé près du Ministre ne put réprimer un bref froncement de sourcils. Il griffonna rapidement quelque chose sur un morceau de papier et la passa au Ministre, qui y jeta un coup d'œil.

Il disait : « Non. Ils mangent du foin sulfurisé. Ça pue à en crever. » Le Ministre froissa la note dans sa main et la jeta par terre.

Le Diabolus dit :

— Tout l'honneur serait pour nous. Si nous étions physiquement capables de supporter si longtemps votre étrange atmosphère, nous accepterions avec gratitude.

Et, par le front, il ajouta avec agitation :

— Ils ne pensent quand même pas qu'on mangerait avec eux pour les regarder consommer des cadavres d'animaux morts. Mes ruminements en seraient aigris jusqu'à la fin de mes jours.

— Nous respectons vos raisons, dit le Ministre. Parlons donc maintenant de nos affaires. Dans les négociations actuellement en cours, nous n'avons pu obtenir de votre gouvernement, en vos personnes qui le représentez, aucune indication claire quant à ce que vous avez en tête au sujet des limites de votre sphère d'influence. Nous avons présenté plusieurs propositions sur cette question.

— En ce qui concerne les territoires de la Terre, Monsieur le Ministre, une définition a été établie.

— Mais vous vous rendez certainement compte que ce n'est pas suffisant. Les frontières de la Terre et de vos pays ne sont nulle part en contact. Jusqu'à maintenant, vous n'avez rien fait de plus que reconnaître ce fait. Tout en étant vraie, cette simple reconnaissance ne saurait nous satisfaire.

— Nous ne comprenons pas très bien. Voudriez-vous que nous discutions des frontières entre nous-mêmes et des royaumes humains indépendants tels que Vega ?

— Eh bien, oui.

— C'est impossible, Monsieur. Vous réalisez certainement que toutes relations entre nous-mêmes et l'état souverain de Vega ne concerne en rien la Terre. On ne peut en discuter qu'avec Vega.

— Alors, vous négocierez cent fois, avec les cent systèmes humains du monde ?

— Si c'est nécessaire. Je me permettrai pourtant de vous faire remarquer que cette nécessité n'est pas imposée par nous mais par la nature de votre organisation humaine.

— Alors, cela limite terriblement le champ de nos discussions.

Le Ministre avait l'air absent. Il semblait écouter, non le Diabolus debout en face de lui, mais quelque chose d'éloigné.

Puis il y eut une faible commotion, à peine perceptible du Ministère. Un bruit de voix distant, le claquement sec de pistolets à énergie presque complètement étouffé par l'éloignement, et le clic-clac affairé des scooters sautants de la police.

Les Diaboli ne semblaient pas avoir entendu, et ce n'était pas par affectation de politesse. Tandis que leur capacité de réception des ondes sonores supersoniques était bien plus délicate et aiguisée que tout ce que l'ingéniosité humaine avait pu inventer, leur ouïe était assez grossière pour les ondes sonores ordinaires.

Le Diabolus disait :

— Permettez-nous de sortir pour exprimer notre surprise. Nous pensions que tout cela vous était connu depuis longtemps.

Un policier en uniforme apparut sur le seuil. Le Ministre se tourna vers lui, et sur un imperceptible signe de tête, le policier sortit.

Le Ministre dit soudain d'une voix brusque :

— En effet. Je voulais simplement m'en assurer par moi-même. Puis-je espérer que vous serez prêts à reprendre les négociations demain ?

— Certainement, Monsieur.

Un par un, lentement, avec une dignité séante aux héritiers de l'univers, les Diaboli sortirent.

Un Terrien dit :

— Je suis content qu'ils aient refusé de dîner avec nous.

— Je savais qu'ils ne pouvaient pas accepter, dit le Ministre, pensif. Ils sont végétariens. La seule pensée que nous mangeons de la viande les rend malades. Je les ai déjà vu manger, vous savez. Il n'y a pas beaucoup d'humains qui peuvent en dire autant. Ils ressemblent à notre bétail en train de manger. Ils avalent leur nourriture, et, debout en cercles solennels, ils ruminent en silence, en communion de pensée. Peut-être peuvent-ils communiquer entre eux par des moyens dont nous n'avons pas conscience. Leur immense mâchoire inférieure se déplace horizontalement, écrasant lentement...

Le policier reparut sur le seuil.

Le Ministre s'interrompit et cria :

— Vous les avez tous ?

— Oui, Monsieur le Ministre.

— Vous avez Altmayer ?

— Oui, Monsieur le Ministre.

— Bien.

La foule s'était de nouveau rassemblée quand les cinq Diaboli quittèrent le Ministère. L'horaire était strict. Tous les jours à trois heures de l'après-midi, ils quittaient leur appartement et mettaient cinq minutes à aller à pied au Ministère. A trois heures trente-cinq, ils en ressortaient pour regagner leur appartement, la police leur dégageant la voie. Ils marchaient lourdement, presque mécaniquement, le long de la large avenue.

Des cris leur parvinrent à mi-chemin. Pour la plus grande partie de la foule, les mots étaient indistincts, mais il y eut le claquement d'un pistolet à énergie et une pâle fluorescence bleue zébra l'air au-dessus des têtes. Les policiers firent demi-tour en hâte, tirant leurs pistolets à énergie, bondissant à sept pieds en l'air sur leurs scooters sautants, atterrissant délicatement en plein milieu des attroupements sans toucher personne, et repartant presque instantanément. Les gens se dispersèrent et leurs voix se joignirent à la clameur générale.

Au milieu de tout cela, les Diaboli soit parce qu'ils entendaient mal, soit par un sentiment de dignité excessive, continuaient à marcher aussi mécaniquement que jamais.

A l'autre bout du rassemblement, presque diamétralement opposé à l'endroit où avait lieu toute cette agitation, Richard Sayama Altmayer se gratta le nez avec satisfaction. L'horaire très strict des Diaboli avait permis l'établissement d'un plan réglé à la fraction de seconde. Les premières perturbations n'étaient qu'une manœuvre de diversion pour attirer l'attention de la police. C'était maintenant, que...

Et il tira un inoffensif coup à blanc, en l'air.

Instantanément, venant de quatre directions à la fois, des balles percutantes sifflèrent. Des francs-tireurs cachés sur les toits tirèrent.

Chacun des Diaboli, déchiré par les balles, frémit et explosa au moment où les balles éclatèrent dans son corps. Un par un, ils s'écroulèrent.

Et, comme sortis du néant, les policiers entourèrent Altmayer. Il les regarda, un peu surpris.

Doucement, car en vingt ans il avait perdu sa violence et appris la douceur, il dit :

— Vous avez fait vite, mais vous arrivez quand même trop tard. Et il fit un geste pour montrer les Diaboli déchiquetés.

Maintenant, la foule était paniquée. Des escadrons de police supplémentaires, arrivés sur les lieux en un temps record, ne purent rien faire d'autre que de les disperser au hasard

Le policier, qui tenait fermement Altmayer, lui prit son pistolet à sons et le fouilla rapidement pour voir s'il n'avait pas d'autres armes ; c'était un capitaine. Il dit d'un ton raide :

— Je crois que vous avez fait une erreur, Mr Altmayer. Vous remarquerez que vous n'avez pas répandu de sang.

Et, lui aussi, montra du geste les Diaboli immobiles sur le sol.

Altmayer se tourna, stupéfait. Les créatures gisaient sur le flanc, certaines complètement en pièces, l'épiderme en lambeaux, le squelette brisé et déformé, mais le capitaine avait raison. Il n'y avait pas de sang, pas de chair. Les lèvres d'Altmayer, paralysées et décolorées, remuèrent sans émettre aucun son.

Le capitaine interpréta leur mouvement assez exactement. Il dit :

— Vous avez raison, Monsieur, ce sont des robots.

Et, par la grande porte du Ministère, émergèrent les vrais Diaboli. Des policiers dégagèrent la voie à la matraque, mais une autre voie, cependant, pour qu'ils n'aient pas à passer devant ces mannequins de plastique et d'aluminium qui, pendant trois minutes, avaient joué le rôle de créatures vivantes.

Le capitaine dit :

— Je vous demanderai de me suivre sans protester, Mr Altmayer.

Le Ministre de la Défense voudrait vous voir.

— Je viens, Capitaine.

Ce n'est qu'à ce moment qu'une frustration stupéfaite commença à l'accabler.

Geoffrey Stock et Richard Altmayer étaient face à face pour la première fois en près d'un quart de siècle, dans le bureau privé du Ministre de la Défense. C'était plutôt spartiate : un bureau, un fauteuil et deux chaises. Tout était d'un marron sale, et les sièges, recouverts de mousse de plastique marron, s'enfonçaient assez sous le poids du corps pour être confortables sans être luxueux. Il y avait une micro-visionneuse sur le bureau, et un coffret pouvant contenir quelques douzaines de bobines optiques. Sur le mur en face du bureau, il y avait une vue tridimensionnelle de l'*Intrépide*, le premier cosmonef que le Ministre avait commandé.

Stock dit :

— Cette réunion est un peu ridicule après tant d'années. Je dois dire que j'en suis désolé.

— Désolé de quoi, Jeff ?

Altmayer eut un sourire forcé.

— Je ne suis désolé de rien, sinon du fait que tu m'as eu avec ces robots.

— Tu n'as pas été difficile à avoir, dit Stock, et c'était une excellente occasion de briser ton parti. Je suis sûr qu'après ça, il sera passablement discrédité. Les pacifistes essayent d'imposer la guerre ; les apôtres de la douceur se mettent à l'assassinat.

— La guerre contre l'ennemi véritable, dit tristement Altmayer. Mais tu as raison. Le fait qu'on ait pu m'imposer cela est signe que je désespère...

Puis il reprit :

— Comment as-tu connu mes plans ?

— Tu continues à surestimer l'humanité, Dick. Dans toutes les conspirations, le point le plus faible est constitué par les individus qui en font partie. Tu avais vingt-cinq co-conspirateurs. Il ne t'est pas venu à l'idée qu'au moins l'un d'eux pouvait être un indicateur, un de mes employés ?

Une sombre rougeur monta lentement aux pommettes saillantes d'Altmayer.

— Lequel ? dit-il.

— Désolé. Nous aurons peut-être encore besoin de lui.

Altmayer se renversa sur sa chaise d'un air las.

— Qu'est-ce que tu as gagné ?

— Qu'est-ce que tu as gagné, *toi* ? Tu es toujours aussi peu réaliste que la dernière fois que je t'ai vu ; le jour où tu as décidé d'aller en prison plutôt que de passer le conseil de révision. Tu n'as pas changé.

Altmayer secoua la tête.

— La vérité ne change pas.

Stock dit avec impatience :

— Si c'est la vérité, pourquoi est-ce qu'elle échoue toujours ? Tu es allé en prison, et ça n'a rien changé. La guerre a continué. Aucune vie n'a été sauvée. Depuis, tu as fondé un parti politique, et toutes les causes qu'il a défendues ont échoué. Ta conspiration a échoué. Tu as près de cinquante ans, Dick, et qu'est-ce que tu as réalisé ? Rien.

Altmayer dit :

— Et tu as fait la guerre, tu t'es élevé jusqu'au rang de commandant de cosmonef, puis à celui de ministre. Tu as accompli beaucoup de choses. Pourtant, la réussite et l'échec n'existent pas en eux-mêmes. La réussite, de quoi ? De travailler à la ruine de l'humanité. L'échec de quoi ? De la sauver ? Je ne voudrais pas donner ma place pour la tienne. Jeff, souviens-toi bien de ça. En une juste cause, il n'y a pas d'échecs ; il n'y a que des réussites différées.

— Même si tu es exécuté pour ce que tu as fait aujourd'hui ?

— Même si je suis exécuté. Quelqu'un continuera mon œuvre, et ses succès seront les miens.

— Comment envisages-tu ce succès ? Est-ce que tu crois réellement en une union des mondes, en une Fédération Galactique ? Tu veux que Santanni dirige nos affaires. Tu veux qu'un habitant de Vega te dise ce que tu as à faire ? Tu veux que la Terre décide de ses propres destinées, ou qu'elle soit à la merci d'une coalition de hasard de plusieurs puissances ?

— Nous ne serions pas plus à leur merci qu'ils ne seraient à la nôtre.

— Sauf que nous sommes les plus riches. On nous pillerait au bénéfice des mondes sous-développés du Secteur de Sirius.

— Et on paierait le pillage avec ce qu'on économiserait sur les guerres qui auraient disparu.

— Est-ce que tu as des réponses à toutes les questions, Dick ?

— En vingt ans, on nous a posé toutes les questions, Jeff.

— Alors, réponds à celle-ci : comment forceras-tu une humanité récalcitrante à accepter cette union de ton invention ?

— C'est pour ça que je voulais tuer les Diaboli.

Pour la première fois, Altmayer montra quelque agitation.

— Cela aurait provoqué une guerre contre eux. Mais toute l'humanité se serait unie contre l'ennemi commun. Nos propres différences politiques et idéologiques se seraient estompées devant le danger.

— Tu dis cela sérieusement ? Même en considérant que les Diaboli ne nous ont jamais fait de mal ? Ils ne peuvent pas vivre sur nos mondes. Ils doivent rester dans leurs propres mondes à atmosphère sulfureuse, dont les océans sont des solutions de sulfate de sodium.

— L'humanité ne s'y trompe pas, Jeff. Ils se répandent de monde en monde, comme une explosion atomique. Ils bloquent les voyages spatiaux dans des régions où il y a des mondes à oxygène inoccupés, du genre que nous pourrions coloniser. Ils ont des plans à longue échéance : ils préparent la place à des générations innombrables de Diaboli, tandis que nous resterons cantonnés dans un petit coin de la Galaxie, en train de nous battre jusqu'à notre propre anéantissement. Dans mille ans, nous serons leurs esclaves ; dans dix mille ans, notre race sera éteinte. Oh oui, ils sont bien l'ennemi commun. L'humanité le sait. Et toi, tu t'en apercevras peut-être plus tôt que tu ne le crois.

Le ministre dit :

— Les membres de ton parti parlent beaucoup de l'antique Grèce de l'ère pré-atomique. Ils nous disent que les Grecs étaient un peuple merveilleux, le plus civilisé de leur temps, peut-être de tous les temps. C'est eux qui ont mis l'humanité sur la voie qu'elle n'a jamais tout à fait quittée depuis. Ils n'avaient qu'un défaut. Ils ne pouvaient pas s'unir. Ils ont été conquis, puis ils se sont éteints. Et nous marchons sur leurs traces, hein ?

— Tu as bien appris ta leçon, Jeff.

— Mais toi, Dick ?

— Que veux-tu dire ?

— Est-ce que les Grecs n'avaient pas un ennemi commun contre lequel ils pouvaient s'unir ?

Altmayer garda le silence.

Stock dit :

— Les Grecs combattirent la Perse, leur grand ennemi commun. Mais est-ce que ce n'est pas un fait établi que beaucoup d'états grecs se battirent aux côtés de la Perse ?

Altmayer dit enfin :

— Oui. Parce qu'ils pensaient qu'une victoire perse était inévitable et qu'ils voulaient être du côté du vainqueur.

— Les êtres humains n'ont pas changé, Dick. Pourquoi crois-tu que les Diaboli sont ici ? De quoi crois-tu que nous discutons ?

— Je ne suis pas membre du gouvernement.

— Non, dit Stock avec véhémence, mais moi, je le suis. La Ligue de Vega a fait alliance avec les Diaboli.

— Je ne te crois pas. Ce n'est pas possible.

— C'est possible, et c'est vrai. Les Diaboli ont accepté de leur fournir cinq cents cosmonefs s'ils devaient entrer en guerre avec la Terre. En retour, Vega abandonne toutes revendications sur la nébuleuse de Nigellia. De sorte que, si tu avais assassiné les Diaboli, on aurait eu la guerre, en effet, mais avec la moitié de l'humanité combattant probablement aux côtés de notre soi-disant ennemi commun. C'est ce que nous essayons de prévenir.

Altmayer dit lentement :

— Je suis prêt à être jugé. Ou bien, est-ce qu'on va m'exécuter sans jugement ?

Stock dit :

— Tu es toujours aussi extravagant. Si nous t'exécutons, Dick, nous faisons de toi un martyr. Si nous te laissons en vie et exécutons quelques-uns de tes subordonnés, on pensera que tu as trahi des secrets au profit de l'état. En tant que traître présumé, tu ne seras plus bien dangereux dans l'avenir.

C'est ainsi que, le 5 septembre 2788, après un procès à huis clos des plus brefs, Richard Sayama Altmayer fut condamné à cinq ans de prison. L'année où il en sortit, Geoffrey Stock fut élu Coordinateur de la Terre.

3. — *21 décembre 2800.*

Simon Devoire n'était pas à son aise. C'était un petit homme aux cheveux blond pâle et au visage rouge et criblé de taches de rousseur. Il dit :

— Je regrette d'avoir accepté de vous voir, Altmayer. Ça ne vous fera aucun bien, mais ça peut me faire du mal.

Altmayer dit :

— Je suis un vieil homme. Ça ne vous fera aucun mal.

Et il était vraiment devenu un très vieil homme. Au moment du changement de siècle, il se trouvait avoir soixante-quinze ans, mais il était plus vieux que ça, plus vieux physiquement et moralement. Ses vêtements étaient trop grands pour lui, comme s'il s'était rétréci à l'intérieur. Seul son nez n'avait pas vieilli ; c'était toujours le nez mince, aristocratique et busqué d'Altmayer.

Devoire dit :

— Ce n'est pas de vous que j'ai peur.

— Pourquoi pas ? Vous pensez peut-être que j'ai trahi mes hommes en 88.

— Non, bien sûr que non. Aucun homme de bon sens ne croit ça. Mais les jours des Fédéralistes sont passés, Altmayer.

Altmayer essaya de sourire. Il avait un peu faim ; il n'avait pas mangé de la journée, — pas le temps. Est-ce que les jours des Fédéralistes étaient passés ? C'était l'impression que les autres devaient avoir. Le mouvement était mort dans une vague de ridicule. Une conspiration qui échoue, une « cause perdue » paraît souvent romantique. On s'en souvient, et elle attire des adhérents pendant des générations, si la défaite a eu au moins de la dignité. Mais tirer sur des créatures vivantes, et découvrir que la cible est formée par des robots ; être manœuvré et trompé ; être rendu ridicule, — ça, c'est mortel. Plus mortel que la trahison, l'erreur et le péché. Peu avaient cru qu'Altmayer avait sauvé sa vie aux dépens de celles de ses associés, mais le rire universel avait tué le Fédéralisme aussi effectivement que s'il avait vraiment trahi.

Mais, au milieu de tout cela, Altmayer avait conservé son inflexible obstination. Il dit :

— Les jours du Fédéralisme ne seront jamais passés tant que la race humaine vivra.

— Des mots, tout ça, dit Devoire avec impatience. J'y croyais plus quand j'étais plus jeune. Maintenant, je suis un peu fatigué.

— Simon, j'ai besoin d'avoir accès au système subéthérique.

Le visage de Devoire se durcit. Il dit :

— Et vous avez pensé à moi. Je regrette, Altmayer, mais je ne peux pas vous laisser utiliser mes émissions pour vos fins personnelles.

— Vous étiez Fédéraliste autrefois.

— Ne comptez pas là-dessus, dit Devoire. C'est du passé. Maintenant, je suis, — rien. Je suis devoiriste, je suppose. J'ai envie de vivre.

— Même sous la botte des Diaboli ? Vous voulez vivre s'ils veulent bien vous laisser vivre ? Mourir quand ils seront prêts ?

— Des mots, toujours des mots !

— Est-ce que vous approuvez la conférence Inter-Galactique ?

Le visage de Devoire devint plus rouge que de coutume. Il donna soudain l'impression d'un homme qui a trop de sang dans le corps. Il dit en retenant sa colère :

— Pourquoi pas ? Qu'importe la façon dont on réalisera la Fédération de l'Homme ? Si vous êtes un Fédéraliste, qu'est-ce que vous avez à objecter à une humanité unie ?

— Unie sous l'autorité des Diaboli ?

— Quelle différence y a-t-il ? L'humanité n'arrive pas à s'unir d'elle-même. Alors, qu'on nous y force, seul le résultat importe. J'en ai marre, Altmayer, j'en ai marre de notre histoire imbécile. Je suis fatigué d'essayer d'être un idéaliste, sans qu'il y ait rien pour justifier cet idéalisme. Les êtres humains sont des êtres humains, et c'est bien là le pire. Peut-être qu'il faut nous fouetter pour nous obliger à rentrer dans le rang. Si c'est le cas, je veux bien laisser les Diaboli manier le fouet.

Altmayer dit doucement :

— Vous êtes fou, Devoire. Ce ne sera pas une union véritable, vous le savez. Les Diaboli ont organisé cette conférence pour pouvoir arbitrer à leur avantage toutes les disputes humaines actuelles et rester pour nous une cour suprême au jugement de laquelle nous continuerons d'en appeler par la suite. Vous savez bien qu'ils n'ont pas l'intention d'établir un véritable gouvernement central humain. Ce ne sera qu'une sorte de conseil d'administration assez lâche ; chaque gouvernement humain continuera à agir comme avant et à tirer de son côté comme avant. Seulement, nous nous habituerons à courir vers les Diaboli pour qu'ils résolvent nos petits problèmes.

— Comment savez-vous que c'est à ça qu'on arrivera ?

— Croyez-vous sérieusement qu'on puisse arriver à autre chose ?

Devoire se mordit les lèvres.

— Peut-être pas !

— Alors, regardez bien autour de vous, Devoire. Nous perdrons toute l'indépendance dont nous jouissons maintenant.

— Pour le bien qu'elle nous a fait, cette fameuse indépendance ! Et puis, à quoi bon ? Nous ne pouvons pas arrêter cette histoire. Le Coordinateur Stock n'est probablement pas plus chaud que vous à l'égard de cette conférence, mais à quoi ça l'avance ? Si la Terre n'y assiste pas, l'union sera formée sans nous, et nous serons placés devant l'éventualité d'une guerre contre le reste de l'humanité plus les Diaboli. Et il en sera de même pour tous les gouvernements qui se retireront.

— Et si *tous* les gouvernements se retiraient ? Est-ce que la conférence ne s'effondrerait pas ?

— Est-ce que vous avez déjà vu tous les gouvernements humains faire quelque chose tous ensemble ? Vous n'apprendrez donc jamais rien, Altmayer.

— Il y a des faits nouveaux.

— Comme quoi, par exemple ? Je sais que je suis idiot de vous le demander, mais continuez.

Altmayer dit :

— Depuis vingt ans, la plus grande partie de la Galaxie est interdite aux vaisseaux terriens. Vous le savez. Aucun de nous n'a la moindre idée de ce qui se passe à l'intérieur de la sphère d'influence des Diaboli. Et pourtant, il existe quelques colonies humaines à l'intérieur de cette sphère.

— Et alors ?

— Et alors, à l'occasion, certains humains s'en évadent pour regagner la petite portion de la Galaxie qui demeure humaine et libre. Le gouvernement de la Terre reçoit des rapports ; des rapports qu'ils n'osent pas rendre publics. Mais *tous* les officiels du gouvernement ne sont pas capables de supporter continuellement la lâcheté qu'impliquent de telles actions. L'un d'eux est venu me voir. Je ne peux pas vous dire qui, bien entendu. — Mais enfin, j'ai des documents ; officiels, solides et vrais.

Devoire haussa les épaules.

— Des documents sur quoi ?

Il tourna le chronomètre du bureau avec ostentation, de sorte qu'Altmayer pût voir son cadran de métal brillant, sur lequel les chiffres rouges et scintillants se détachaient nettement. Ils marquaient 22 heures 31, et au moment où il le tourna, le 1 s'effaça et le 2 apparut en scintillant.

Altmayer dit :

— Il existe une planète, appelée Chu Hsi par les colons. Elle n'était pas très peuplée ; deux millions, peut-être. Il y a quinze ans, les Diaboli ont occupé plusieurs mondes proches de cette planète ; et, au cours de ces quinze ans, aucun vaisseau humain n'y a atterri. L'année dernière, les Diaboli eux-mêmes y ont atterri. Ils ont apporté avec eux d'immenses vaisseaux pleins de sulfate de sodium et de cultures bactériennes originaires de leurs mondes.

— Quoi ? Vous ne me ferez jamais croire ça.

— Essayez seulement, dit Altmayer avec ironie. Ce n'est pas difficile. Le sulfate de sodium se dissout dans les océans de n'importe quel monde. Dans un océan sulfaté, leurs bactéries peuvent se développer, se multiplier, et libérer des quantités énormes d'hydrogène sulfureux qui remplira les océans et l'atmosphère. Ils pourront alors acclimater leurs plantes et leurs animaux, et, éventuellement eux-mêmes. Et ce sera une planète de plus qui sera viable pour les Diaboli, — et impropre à la vie humaine. Cela prendra du temps, c'est certain, mais les Diaboli ont le temps. C'est un peuple unifié et...

— Ecoutez, dit Devoire avec un geste dégoûté, ça ne tient pas debout. Les Diaboli possèdent déjà plus de mondes qu'ils n'en peuvent utiliser.

— Pour leurs projets actuels, oui, mais les Diaboli sont des créatures qui voient loin. Leur taux de natalité est élevé, et, éventuellement, ils envahiront toute la Galaxie. Et comme ce serait mieux pour eux d'être la seule race intelligente de l'univers.

— Mais c'est impossible, pour des raisons purement matérielles. Est-ce que vous savez combien de millions de tonnes de sulfate de sodium il faudrait pour remplir les océans afin de satisfaire à leurs besoins ?

— Les réserves de toute une planète, c'est évident.

— Bien, et alors, vous pensez qu'ils démuniraient complètement l'un de leurs mondes pour en créer un autre ? Où serait le gain ?

— Simon, Simon, il y a des millions de planètes dans la Galaxie, qui, à cause des conditions atmosphériques, de la température ou de la pesanteur sont inhabitables aussi bien pour les humains que pour les Diaboli. Beaucoup d'entre elles sont relativement riches en soufre.

Devoire réfléchit.

— Et les humains de la planète ?

— Sur Chu Hsi ? L'euthanasie, sauf pour les rares individus qui se sont évadés à temps. Sans douleur, je suppose. Les Diaboli ne sont pas inutilement cruels. Seulement efficaces.

Altmayer attendit. Devoire serrait les poings.

Altmayer dit :

— Publiez ces nouvelles. Répandez-les sur tout le réseau interstellaire subéthérique. Diffusez les documents vers les centres récepteurs des différents mondes. Vous pouvez le faire, et si vous le faites, la conférence Inter-Galactique s'effondrera.

Devoire inclina sa chaise en avant. Il se leva.

— Où sont vos preuves ?

— Vous ferez ce que je vous demande ?

— Je veux voir vos preuves.

Altmayer sourit.

— Suivez-moi.

Ils l'attendaient quand il rentra dans la chambre meublée où il habitait. D'abord, il ne les vit pas. Il n'avait absolument pas remarqué le petit véhicule qui le suivait lentement à bonne distance. Il marchait, tête baissée, calculant combien de temps cela prendrait à Devoire pour diffuser les informations à travers les immensités de l'Espace ; combien de temps cela prendrait aux stations réceptrices de Vega, de Santanni et du Centaure pour répandre la nouvelle ; combien de temps ça prendrait avant que toute la Galaxie en soit informée. Et ainsi, il passa, indifférent, devant les deux policiers en civil qui encadraient l'entrée de son meublé.

Ce n'est que quand il ouvrit la porte de sa chambre qu'il s'arrêta et se retourna pour s'en aller, mais les deux policiers en civil étaient juste derrière lui. Il ne tenta aucune violence pour s'échapper. Au contraire, il entra dans sa chambre, et s'assit. Il se sentait vieux. Il pensa fiévreusement : « Je n'ai besoin que de les amuser pendant une heure et dix minutes. »

L'homme assis dans l'ombre leva la main et tourna le commutateur qui allumait les lumières murales. Dans la douce lumière diffusée par le mur, le visage rond de l'homme et son crâne dégarni entouré d'une couronne grisonnante se détachèrent avec une surprenante netteté.

Altmayer dit doucement :

— Je me sens honoré que le Coordinateur en personne me rende visite.

Et Stock dit :

— Nous sommes de vieux amis, toi et moi, Dick. On se rencontre de temps en temps.

Altmayer ne répondit pas.

Stock dit :

— Dick, tu as certains papiers gouvernementaux en ta possession.

Altmayer dit :

— Si c'est ce que tu crois, Jeff, il faudra que tu les trouves toi-même.

Stock se leva avec lassitude.

— Pas d'héroïsme, Dick. Je vais te dire ce que contiennent ces papiers. Ce sont des rapports circonstanciés sur la sulfatation de la planète Chu Hsi. C'est bien ça ?

Altmayer regarda la pendule. Stock dit :

— Si tu as l'intention de nous amuser, de nous manœuvrer comme un poisson au bout de la ligne, tu seras déçu. Nous savons d'où tu viens, nous savons que Devoire a les papiers, nous savons exactement ce qu'il a l'intention de faire.

Altmayer se raidit. Ses joues parcheminées se mirent à trembler. Il dit :

— Depuis combien de temps le sais-tu ?

— Depuis aussi longtemps que toi, Dick. Tu es un homme très prévisible. C'est pour cette raison même que nous avons décidé de nous servir de toi. Crois-tu que le Procureur serait venu te voir comme il l'a fait sans que nous le sachions ?

— Je ne comprends pas.

Stock dit :

— Le gouvernement de la Terre, Dick, n'a aucune envie de voir la conférence Galactique continuer. D'autre part, nous ne sommes pas Fédéralistes ; nous connaissons trop l'humanité. Qu'est-ce que tu penses qui arriverait si le reste de la Galaxie découvrait que les Diaboli sont en train de transformer un monde à sel et oxygène en un monde à sulfate et à sulfure ?

« Non, ne dis rien. Tu t'appelles Dick Altmayer, et je suis sûr que tu vas me dire, dans un de tes grands éclats d'indignation, qu'ils quitteraient la conférence, qu'ils formeraient entre eux une union basée sur l'amour et la fraternité, qu'ils se jetteraient sur les Diaboli et qu'ils les écraseraient.

Stock fit une pause si longue que, pendant un moment, il sembla qu'il ne reprendrait pas la parole. Puis, il continua en un souffle :

— Foutaises. Les autres mondes diraient que le Gouvernement de la Terre, pour atteindre des buts à lui, aurait monté une fraude de toutes pièces, et aurait fabriqué de faux documents dans le but délibéré de torpiller la conférence. Les Diaboli publieraient un démenti, et la plupart des mondes humains trouveraient de leur intérêt de les croire. Ils concentreraient leur intérêt sur les iniquités de la Terre, et oublieraient celles des Diaboli. Tu vois que nous ne pouvons pas nous permettre de donner notre appui à un exposé de ce genre.

Altmayer se sentait vidé, puéril.

— Alors, tu vas arrêter Devoire. Toujours, tu es sûr de l'échec avant ; tu crois toujours le pire de ton frère humain...

— Attends ! Je n'ai jamais parlé d'arrêter Devoire. J'ai seulement dit que le gouvernement ne pouvait pas se permettre de donner notre appui à un exposé de ce genre, et nous ne le donnerons pas. Mais l'exposé aura lieu quand même, sauf que, après nous vous arrêterons, Devoire et toi, et que nous démentirons tous les faits avec autant de véhémence que les Diaboli. Ainsi toute l'affaire sera complètement différente. Le Gouvernement de la Terre n'aura pris aucune part aux dénonciations. Les autres gouvernements humains auront l'impression que, pour atteindre nos buts égoïstes, nous cherchons à cacher les actes des Diaboli, que nous avons peut-être un traité secret avec eux. Ils auront peur de ce traité secret et s'uniront contre nous. Mais alors, être contre nous, cela voudra dire aussi être contre les Diaboli. Ils s'obstineront à croire que l'exposé est vrai, que les documents existent, — et la conférence s'effondrera.

— Mais ce sera de nouveau la guerre, dit Altmayer désespéré, et pas contre l'ennemi véritable. Cela signifie que nous nous battrons entre humains, et la victoire n'en sera que plus grande pour les Diaboli quand tout sera fini.

— Non, pas la guerre, dit Stock. Aucun gouvernement n'attaquera la Terre tant que les Diaboli seront à nos côtés. Les autres gouvernements se contenteront de prendre leurs distances à l'égard des Diaboli, et inclueront une clause anti-Diaboli permanente dans toute leur propagande. Plus tard, si la guerre devait éclater entre nous et les Diaboli, les autres gouvernements resteraient neutres.

Il a vraiment l'air très vieux, pensa Altmayer. Nous sommes des vieillards en train de mourir. Tout haut, il dit :

— Pourquoi crois-tu que les Diaboli soutiendraient la Terre ? Tu pourras peut-être tromper le reste de l'humanité en prétendant essayer de supprimer les faits concernant la planète Chu Hsi, mais tu ne tromperas pas les Diaboli. Ils ne croiront pas une minute que la Terre est sincère en déclarant que les documents sont des faux.

— Mais si, ils le croiront.

Geoffrey Stock se leva.

— Vois-tu, les documents *sont* des faux. Les Diaboli projettent peut-être la sulfatation de planètes dans l'avenir, mais, à notre connaissance, ils n'ont pas encore essayé.

Le 21 décembre 2800, Richard Sayama Altmayer entra en prison pour la troisième et dernière fois. Il n'y eut pas de procès, pas de sentence définie, et l'emprisonnement n'en fut pas un au sens littéral du terme. Il était incarcéré, et seuls quelques officiels avaient la permission de le voir, mais à part ça, on prenait grand soin de son confort. Il n'avait pas accès aux nouvelles, bien entendu, de sorte qu'il ne sut pas qu'au cours de la seconde année de son emprisonnement, la guerre avait éclaté entre la Terre et les Diaboli, par une attaque surprise près de Sirius, déclenchée par une escadre terrienne contre certains vaisseaux de la flotte des Diaboli.

En 2802, Geoffrey Stock vint rendre visite à Altmayer dans sa prison. Surpris, Altmayer se leva pour le saluer.

— Tu as bonne mine, Dick, dit Stock.

Ce n'était pas son cas. Il avait le teint grisâtre. Il portait toujours son uniforme de commandant de la flotte spatiale, mais son corps s'était courbé. Il devait mourir dans l'année, ce dont il se doutait un peu. Cela ne lui faisait rien. Il se disait toujours : « J'ai vécu les années que j'avais à vivre. »

Altmayer, qui avait l'air le plus vieux des deux, avait encore plus de neuf ans devant lui. Il dit :

— C'est un plaisir inattendu, Jeff, mais cette fois, tu ne viens pas pour me mettre en prison. J'y suis déjà.

— Je suis venu pour te libérer si tu le désires.

— Dans quel but, Jeff ? Tu as sûrement un but ? Une façon astucieuse de te servir de moi ?

Le sourire de Stock se réduisit à une petite crispation nerveuse. Il dit :

— Une façon de me servir de toi, c'est vrai, mais cette fois, tu seras d'accord... Nous sommes en guerre.

— Contre qui ? demanda Altmayer stupéfait.

— Contre les Diaboli. Nous sommes en guerre depuis six mois.

Altmayer joignit les mains, entrecroisant ses longs doigts fins.

— Je ne le savais pas.

— Je sais.

Le Coordinateur se croisa les mains derrière le dos et ne fut guère surpris de constater qu'elles tremblaient. Il dit :

— Le voyage a été long pour nous deux, Dick. Nous avions le même but, toi et moi... Non, laisse-moi parler. J'ai souvent voulu t'expliquer mon point de vue, mais tu n'aurais jamais compris. Tu n'étais pas le genre d'homme à comprendre, avant que j'aie des résultats à te montrer. J'avais vingt-cinq ans quand j'ai visité pour la première fois un monde Diaboli. J'ai su tout de suite que c'était ou nous, ou eux.

— C'est ce que j'ai toujours dit, murmura Altmayer.

— Le dire simplement n'était pas suffisant. Tu voulais forcer les gouvernements humains à s'unir contre eux, et c'était une idée politiquement irréaliste et parfaitement impossible. Ce n'était même pas désirable. Les humains ne sont pas des Diaboli. Chez les Diaboli, la conscience individuelle ne tient pas une grande place, elle est presque inexistante. La nôtre est presque écrasante. Ils n'ont rien qui ressemble à la politique ; nous n'avons que ça. Ils ne peuvent pas être en désaccord, ils ne peuvent qu'avoir un gouvernement unique, et rien d'autre. Nous, nous ne pouvons pas être d'accord ; si nous devions tous vivre sur une seule île, nous la partagerions en trois.

Mais c'est dans notre désaccord même que réside notre force ! Ton Parti Fédéraliste parlait beaucoup de la Grèce antique autrefois. Tu te souviens ? Mais tes partisans sont toujours passés à côté de la vérité. C'est vrai, la Grèce n'a jamais pu s'unir, et, de ce fait, a fini par être conquise. Mais même dans son état de désunion, elle vainquit quand même le gigantesque Empire Perse. Pourquoi ?

« J'insiste sur le fait que, pendant des siècles, les Cités-Etats des Grecs avaient combattu entre elles. Elles avaient été obligées de se spécialiser dans l'art militaire beaucoup plus que les Perses. Les Perses eux-mêmes en avaient conscience, et, au cours du dernier siècle de leur existence en tant qu'empire, les mercenaires grecs formèrent l'élite de leurs armées.

« On peut dire la même chose des petites nations de

l'Europe préatomique, qui, au cours de siècles de combats, avaient développé l'art militaire à un point tel qu'elles purent conquérir et occuper pendant deux cents ans les empires asiatiques, gigantesques en comparaison.

« Il en est de même pour nous. Les Diaboli, avec leurs immenses étendues d'espace galactique, n'avaient jamais fait la guerre. Leur machine militaire est massive, mais n'avait jamais été mise à l'épreuve. En cinquante ans, les seuls progrès qu'ils aient faits ont été ceux qu'ils ont pu copier sur les humains. D'autre part, l'humanité s'est livré des guerres féroces. Tous les gouvernements ont cherché à dépasser tous leurs voisins dans la science militaire. Ils y étaient obligés ! C'est notre désunion qui a fait une nécessité de la terrible compétition pour survivre, de sorte qu'en fin de compte, presque chacun des mondes terriens aurait pu vaincre les Diaboli, pourvu qu'aucun de nous n'ait combattu aux côtés des Diaboli.

« Toute la diplomatie de la Terre a été conçue en vue de prévenir cela. Avant que nous soyons certains qu'en cas de guerre avec les Diaboli, le reste de l'humanité resterait tout au moins neutre, il ne pouvait pas y avoir de guerre, et on ne pouvait pas permettre que les gouvernements humains s'unissent, car la course à la perfection militaire devait continuer. Une fois que nous avons été sûrs de la neutralité, grâce à la mystification qui a torpillé la conférence il y a deux ans, nous avons recherché la guerre, et maintenant, nous l'avons.

Altmayer, durant ce discours, avait l'air pétrifié. Il se passa un long moment avant qu'il puisse dire quelque chose.

Enfin :

— Et si les Diaboli gagnent quand même ?

Stock dit :

— Ils ne gagnent pas. Il y a quinze jours, les flottes principales sont entrées en action, et la leur a été annihilée, sans que nous ayons pratiquement souffert aucune perte, malgré l'écrasante différence des forces à leur avantage. On aurait tout aussi bien pu combattre des vaisseaux sans armement. Nous avions des armes plus puissantes et de plus grand rayon d'action, et un tir plus précis. Nous avions une vitesse trois fois supérieure à la leur, grâce aux appareils anti-accélération qu'ils ne possèdent pas. Depuis la bataille, une douzaine de gouvernements humains ont décidé de se joindre au parti victorieux et ont déclaré la guerre aux Diaboli. Hier, les Diaboli ont demandé l'ouverture de pourparlers d'armistice. La guerre est pratiquement finie ; désormais, les Diaboli seront confinés dans leurs planètes originelles, et n'en coloniseront d'autres que dans la mesure où nous le permettrons.

Altmayer murmura des paroles incohérentes.

Stock dit :

— Et c'est maintenant que l'union devient nécessaire. Après avoir vaincu la Perse, les Cité-Etats de la Grèce furent anéanties à cause des guerres continuelles qu'elles se livraient entre elles, de sorte que la Macédoine d'abord, puis Rome, purent les conquérir. Après que l'Europe eut colonisé les Amériques, se fut partagé l'Afrique et eut conquis l'Asie, une série de guerres européennes continuelles amena l'Europe à sa ruine.

« Désunion jusqu'à la conquête ; union après ! Mais maintenant, l'union devient facile. Qu'un seul élément réussisse, et les autres réclameront leur part de ce succès. L'antique écrivain, Toynbee, a le premier attiré l'attention sur la différence entre ce qu'il appelait une « minorité dominante » et une « minorité créatrice ».

« Maintenant, nous sommes une minorité créatrice. D'un mouvement presque spontané, différents gouvernements humains ont suggéré la formation d'une organisation des Mondes Unis. Plus de soixante-dix gouvernements ont accepté d'assiter aux premières sessions, pour rédiger une Charte Fédérative. Les autres y souscriront plus tard, j'en suis sûr. Nous aimerions que tu sois l'un des délégués de la Terre, Dick.

Altmayer s'aperçut qu'il pleurait.

— Je... je ne comprends pas pourquoi ? Est-ce que c'est bien vrai, tout ça ?

— Tout ce que je t'ai dit est la vérité vraie. Tu as été une voix qui criait dans le désert, Dick, qui criait pour qu'on s'unisse. Tes paroles auront beaucoup de poids. Qu'est-ce que tu m'as dit un jour ? « En une juste cause, il n'y a pas d'échecs. »

— Non ! dit Altmayer avec une énergie soudaine. Il semble que c'était ta cause qui était la bonne.

Le visage de Stock était dur et dépourvu de toute émotion.

— Tu n'as jamais compris la nature humaine, Dick. Quand les Mondes Unis seront devenus une réalité, et quand des générations d'hommes et de femmes regarderont en arrière vers ces jours de guerre, à travers des siècles de paix ininterrompue, ils auront oublié l'esprit qui inspirait mes actions. Pour eux, elles ne représenteront que la guerre et la mort. *Tes* appels à l'union, *ton* idéalisme, c'est de cela qu'on se souviendra à jamais.

Il se détourna, et Altmayer entendit à peine ses dernières paroles :

— Et quand ils dresseront des statues, il n'y en aura pas pour moi.

Dans la Grande Cour qui forme un îlot de paix parmi les cinquante milles carrés fort animés occupés par les immenses bâtiments où bat la vie des Mondes Unis de la Galaxie, se dresse une statue...

PREFACE A « ET SI... »

La question que l'on pose le plus fréquemment, et de loin, à un écrivain de science-fiction est la suivante : « Mais où allez-vous donc chercher vos idées ? ».

J'imagine que la personne posant cette question est sûre qu'il existe une sorte d'inspiration mystérieuse, induite par des moyens bizarres et peut être illicites, ou que l'écrivain exécute quelque rituel effrayant pouvant même aller jusqu'à l'évocation du diable.

Mais la réponse est tout simplement : « On peut tirer une idée de n'importe quoi, pourvu qu'on veuille bien y penser assez fort et assez longtemps. »

Les mots « assez fort et assez longtemps » semblent décevoir les gens. Leur admiration pour vous subit une baisse vertigineuse, et vous en retirez l'impression de vous être présenté comme un imposteur. Parce que si tout ce qu'il faut, c'est penser « assez fort et assez longtemps », alors, n'importe qui *peut le faire.*

Curieux, alors, que si peu le fassent.

Bref, ma femme s'oublia un jour jusqu'à me poser cette question, bien qu'elle sache qu'il me déplaise qu'on me la pose. Nous nous étions installés dans la région de Boston, en 1949, quand je commençai d'enseigner à l'Ecole de Médecine de l'Université de Boston, et, périodiquement, nous revenions à New York par le train pour rendre visite à nos familles respectives.

Une fois, au cours d'un de ces voyages, peut-être inspirée par l'ennui, elle me posa La Question. Je dis : « De n'importe quoi. Je peux probablement tirer une idée de ce voyage, si j'essaye. »

« Essaye donc », répondit-elle, comme j'aurais dû m'y attendre.

Ainsi, je me mis à penser assez fort, et je lui racontai l'histoire d'un voyage en chemin de fer que, rentré chez moi, je tapai immédiatement et intitulai : « Et si... »

Pour moi, cette nouvelle est également exceptionnelle sous un autre aspect. L'amour n'occupe pas une place prépondérante dans mes histoires. Pourquoi, je laisse à le trouver au psychiatre de service. Je me contente de noter le fait.

Parfois, il y a des femmes dans mes nouvelles. En de rares occasions, comme dans « Hôtesse », la femme est même le protagoniste. Mais même alors, l'amour reste un facteur secondaire, quand même il apparaît.

Pourtant, dans « Et si... », il n'y a rien d'autre que l'amour. Chaque fois que j'y pense, le fait me rend perplexe. Je crois bien que c'est la seule de mes histoires qui traite d'amour sérieusement (par opposition à gauloisement). Juste Ciel !

Première publication : Fantastic, *Eté 1952, Copyright 1952 par Ziff-Davis Publishing Company.*

ET SI...

Norman et Livvy étaient en retard, naturellement, puisqu'on est toujours sujet à des délais de dernière minute quand il s'agit d'attraper un train, et ils furent obligés de se contenter des seules places libres du wagon. C'étaient deux places en tête du wagon ; des places ne regardant rien sinon le siège allant dans le sens opposé à la marche, le dossier juste contre la cloison. Tandis que Norman plaçait la valise dans le filet, Livvy s'aperçut qu'elle était légèrement irritée.

Si un couple venait occuper le double siège à contremarche, situé en face d'eux, ils seraient obligés de se dévisager consciencieusement pendant toutes les heures qu'il leur faudrait pour atteindre New York ; ou, ce qui ne valait guère mieux, ériger des barrières artificielles de journaux déployés. Pourtant, il était imprudent de prendre le risque d'aller chercher d'autres places libres dans le train.

Cela n'avait pas l'air de déranger Norman, et c'était un peu décevant pour Livvy. Ordinairement, ils ressentaient toujours la même chose en même temps. Et cela, proclamait Norman bien haut, était la raison pour laquelle il était sûr d'avoir épousé la femme qu'il fallait.

Il disait :

— On s'emboîte exactement, Livvy, et c'est la clé de tout. Si tu fais un puzzle, et qu'une pièce s'emboîte dans une autre, ça y est. Il n'existe pas d'autre possibilité, et, bien entendu, pas d'autre femme.

Alors, elle riait et disait :

— Si tu n'avais pas été dans le tramway ce jour-là, tu ne m'aurais probablement jamais rencontrée. Alors, qu'est-ce que tu aurais fait ?

— Je serais resté célibataire. Naturellement. De plus, je t'aurais rencontrée avec Georgette un autre jour.

— Ça n'aurait pas été la même chose.

— Mais bien sûr que si.

— Mais non. De plus, Georgette ne m'aurait jamais présentée. Elle-même, elle s'intéressait à toi, et elle n'est pas le genre à se créer des rivales indésirables.

— Quelles bêtises.

Et Livvy posait sa question favorite :

— Norman, si tu avais été une minute en retard, et que tu aies pris le tramway suivant ? Alors, qu'est-ce que tu crois qui serait arrivé ?

— Et si les poissons avaient des ailes et qu'ils volent jusqu'au sommet des montagnes ? Qu'est-ce qu'on mangerait le vendredi ?

Mais ils *avaient pris* le tramway, et les poissons *n'avaient pas* d'ailes, de sorte qu'ils étaient mariés depuis cinq ans et qu'ils mangeaient du poisson le vendredi. Et, parce qu'ils étaient mariés depuis cinq ans, ils allaient fêter l'événement en allant passer une semaine à New York.

Puis elle se souvint du problème présent.

— J'aurais préféré trouver d'autres places.

Norman dit :

— Bien sûr. Moi aussi. Mais jusqu'à présent, il n'y a personne en face de nous, de sorte que nous serons relativement tranquilles, au moins jusqu'à Providence.

Livvy n'en fut pas consolée pour autant, et elle sentit que ses appréhensions étaient justifiées quand elle vit un petit homme descendre l'allée centrale du wagon. D'où sortait-il, par exemple ? Le train était à mi-chemin entre Boston et Providence, et s'il avait une place, pourquoi ne l'avait-il pas gardée ? Elle sortit son poudrier et s'absorba dans la contemplation de son visage. Elle avait une théorie, suivant laquelle si elle ignorait le petit homme, il passerait sans s'arrêter. Aussi se concentra-t-elle sur ses cheveux châtain clair, dont la mise en plis s'était imperceptiblement dérangée dans la précipitation du départ ; sur ses yeux bleus et sur sa petite bouche aux lèvres pulpeuses, dont Norman disait qu'elle ressemblait à un éternel baiser.

Pas mal, pensa-t-elle.

Puis elle leva les yeux, et trouva le petit homme assis en face d'elle. Leurs regards se rencontrèrent, et il lui adressa un grand sourire. Aux commissures des lèvres, son sourire se terminait par une série de rides incurvées vers le haut. Il souleva son chapeau en hâte, et le posa à côté de lui, sur une petite boîte noire qui lui appartenait. Instantanément, une couronne de cheveux blancs se redressa autour d'une grande plaque chauve qui faisait du centre de son crâne un désert.

Elle ne put s'empêcher de lui rendre un peu son sourire, puis son regard tomba de nouveau sur la petite boîte noire, et le sourire disparut. Elle poussa Norman du coude.

Norman leva les yeux de son journal. Ses sourcils étonnamment noirs se rencontraient presque à la racine du nez, ce qui, à première vue, lui donnait l'air redoutable. Mais les sourcils et les yeux noirs qui s'ouvraient dessous se penchaient vers elle, avec leur expression coutumière de tendresse attentive et quelque peu amusée.

Il dit :

— Qu'est-ce qu'il y a ?

Il ne regarda pas le petit homme rebondi en face d'eux.

Livvy fit de son mieux pour se faire comprendre par un signe discret de la main et de la tête. Mais le petit homme les regardait, et elle se sentit toute bête, car Norman continuait à la fixer sans comprendre.

Finalement, elle le tira vers elle et lui chuchota :

— Tu ne vois pas ce qu'il y a d'écrit sur sa boîte ?

Elle regarda de nouveau en disant cela, et vit qu'elle ne s'était pas trompée. L'inscription n'était pas très apparente, mais, sous la lumière frisante, elle formait une région brillante sur fond noir. En cursive, elle disait : « Et si... ».

De nouveau, le petit homme souriait. Il hocha rapidement la tête, et, plusieurs fois, pointa le doigt d'abord vers les mots, puis vers sa propre poitrine.

Norman dit en *a parte* :

— Ce doit être son nom.

Livvy répliqua :

— Comment cela pourrait-il être le nom de quelqu'un ?

Norman posa son journal.

— Je vais te montrer.

Il se pencha et dit :

— Mr Si ?

Le petit homme le regarda d'un air pénétrant.

— Vous avez l'heure, Mr Si ?

Le petit homme tira de son gousset une grande montre dont il mit le cadran bien en évidence.

— Merci, Mr Si, dit Norman.

Et de nouveau, en un souffle :

— Tu vois, Livvy.

Il serait retourné à son journal, mais le petit homme était en train d'ouvrir sa boîte, en levant rythmiquement le doigt pour bien fixer leur attention. Il en tira une simple plaque de verre dépoli, — d'environ six pouces de large sur neuf de long et un pouce d'épaisseur. Elle avait les bords biseautés, les coins arrondis, et ne portait absolument aucune marque. Puis il sortit un petit support en fil de fer sur lequel la plaque de verre s'adaptait parfaitement. Il posa sa construction sur ses genoux et les regarda fièrement.

Livvy dit, prise d'une excitation soudaine :

— Mon dieu, Norman, c'est un tableau quelconque.

Norman se pencha pour voir de plus près. Puis il regarda le petit homme.

— Qu'est-ce que c'est ? Un nouveau type de télévision ?

Le petit homme secoua la tête, et Livvy dit :

— Non, Norman, c'est *nous*.

— Quoi ?

— Tu ne vois donc pas ? Voilà le tramway où on s'est rencontrés. Te voilà, assis dans le fond, avec ce vieux chapeau mou que j'ai jeté il y a trois ans. Et voilà Georgette et moi en train de monter. La grosse dame nous bouche le passage. Là, regarde ! Tu ne nous vois pas ?

Il grommela :

— C'est une illusion.

— Mais tu le vois aussi, non ? C'est pourquoi il appelle ça : « Et si... ». Ça va nous montrer ce qui serait arriver si. Si le tramway n'avait pas tangué...

Elle en était sûre. Elle était très excitée et très sûre de ce qu'elle avançait. A mesure qu'elle regardait l'image dans la plaque de verre, le soleil de cette fin d'après-midi s'estompait, et le bavardage indistinct des passagers autour d'eux s'évanouissait.

Comme elle se souvenait de ce jour ! Norman connaissait Georgette et s'apprêtait à lui céder sa place quand le tramway se mit à tanguer et projeta Livvy sur ses genoux. C'était une situation parfaitement ridicule, mais ça avait marché. Elle avait été si embarrassée qu'il avait été obligé, d'abord de se montrer galant, puis d'engager la conversation. Les présentations de Georgette n'étaient même pas nécessaires. Le temps qu'ils descendent du tramway, il savait où elle travaillait.

Elle se souvenait encore des yeux flamboyants de Georgette, qui s'était forcée à faire un sourire boudeur quand elles s'étaient séparées toutes les deux.

Georgette dit :

— Tu as l'air de plaire à Norman.

Livvy répliqua :

— Oh, ne dis pas de bêtises ! Tout ça, c'est de la politesse ! Mais lui, il est beau garçon, tu ne trouves pas ?

Six mois plus tard, ils se marièrent.

Et voilà maintenant qu'elle voyait le même tramway, avec Norman, elle-même et Georgette. Tandis qu'elle pensait cela, les bruits étouffés du train, le clac-clac des roues s'évanouirent complètement. Elle se trouvait dans le tramway brinquebalant. Elle venait d'y monter avec Georgette à l'arrêt précédent.

Le corps de Livvy suivait les mouvements du tramway, comme quarante autres voyageurs, debout ou assis, qui se balançaiest tous au même rythme monotone et plutôt ridicule. Elle dit :

— Il y a quelqu'un qui te fait signe, Georgette. Qu'est-ce qu'il te veut ?

— A moi ?

Georgette jeta par-dessus son épaule un regard faussement indifférent. Ses longs faux cils battirent. Elle dit :

— Je le connais un peu. Qu'est-ce qu'il peut bien me vouloir ?

— Allons le lui demander, dit Livvy.

Elle se sentait contente de l'aventure, avec le désir de se montrer un peu méchante.

Georgette était connue pour cacher soigneusement toutes ses connaissances mâles, et c'était amusant de l'embêter un peu. Et de plus, celui-là avait l'air plutôt... intéressant.

Elle se fraya un chemin parmi les voyageurs debout, Georgette la suivit sans enthousiasme. Et juste quand Livvy arriva en face du siège du jeune homme, le tramway s'inclina violemment de côté pour prendre un virage. Livvy chercha désespérément à se raccrocher à une barre. Ses doigts l'attrapèrent de justesse et s'y cramponnèrent. Il s'écoula un bon moment avant qu'elle retrouve son souffle. Pour une raison ou pour une autre, il lui semblait qu'il n'y avait aucune barre à sa portée. Inconsciemment, elle sentait que, d'après toutes les lois de la physique, elle aurait dû tomber.

Le jeune homme ne la regarda pas. Il souriait à Georgette en se levant. Il avait des sourcils étonnants, qui lui donnaient l'air compétent et sûr de soi. Livvy décréta que, décidément, il lui plaisait.

Georgette disait :

— Oh non, je vous en prie. Nous descendons au deuxième arrêt.

Elles descendirent. Livvy dit :

— Je croyais que nous allions chez Sach's.

— Nous y allons. Mais je viens de me souvenir de quelque chose que j'ai à faire par ici. Ça ne prendra qu'une minute.

— Prochain arrêt, Providence ! vociférèrent les haut-parleurs.

Le train ralentissait, et le monde venu du passé se résorbait une fois de plus dans la plaque de verre. Le petit homme leur souriait.

Livvy se tourna vers Norman. Elle avait un peu peur.

— Tu as tout vu, toi aussi ?

Il dit :

— Le temps a changé. Impossible que nous arrivions déjà à Providence.

Il regarda sa montre.

— Mais si, c'est bien ça.

Puis, à Livvy :

— Tu n'es pas tombée cette fois.

— Alors, tu as vu ? dit-elle en fronçant les sourcils. C'est bien de Georgette ! Je suis sûre qu'il n'y avait aucune raison pour que nous descendions si tôt, sauf pour m'empêcher de te connaître. Avant ce jour-là, tu connaissais Georgette depuis combien de temps, Norman ?

— Pas depuis très longtemps. Juste assez pour la reconnaître dans la rue et me sentir obligé de lui offrir ma place dans le tramway.

Livvy pinça les lèvres.

Norman se mit à sourire.

— Tu ne vas pas être jalouse de ce qui aurait pu être, chérie. De plus, quelle différence cela aurait-il fait ? Je me serais suffisamment intéressé à toi pour trouver un moyen de te rencontrer.

— Tu ne m'as même pas regardée.

— Je n'en ai pas eu le temps.

— Alors, comment m'aurais-tu rencontrée ?

— Je ne sais pas, d'une façon ou d'une autre. Avoue que c'est une dispute idiote que nous avons là.

Le train quittait Providence. Livvy se sentait troublée. Le petit homme avait suivi leur conversation, supprimant son sourire pour montrer qu'il comprenait. Elle lui dit :

— Pouvez-vous nous en montrer davantage ?

Norman intervint :

— Attends, Livvy. Où veux-tu en venir ?

Elle dit :

— Je veux voir le jour de notre mariage. Ce que ça aurait été si j'avais attrapé la barre.

Norman était visiblement ennuyé.

— Ce n'est pas régulier. On ne se serait peut-être pas mariés le même jour, tu sais.

Mais elle dit :

— Pouvez-vous me montrer ça, Mr Si ?

Et le petit homme hocha la tête.

De nouveau, la plaque de verre s'animait et luisait doucement. Puis la lumière se rassembla et se condensa pour former des silhouettes. Un orgue joua doucement à l'oreille de Livvy, bien qu'il n'y eût réellement aucun son.

Norman dit avec soulagement :

— Là, tu me vois ? C'est notre mariage. Tu es contente ?

De nouveau, les bruits du train s'évanouissaient, et la dernière chose que Livvy entendit, ce fut sa propre voix qui disait :

— Oui, toi, je te vois. Mais moi, où est ce que je suis ?

Livvy était sur les bancs de l'église, au milieu des invités. Pendant un moment, elle avait eu l'intention de ne pas venir du tout. Au cours des derniers mois, elle s'était de plus en plus éloignée de Georgette, sans savoir exactement pourquoi. Elle avait appris ses fiançailles par une amie commune, et, bien entendu, elle était fiancée à Norman. Elle se souvenait très bien de ce jour, six mois plutôt, où elle l'avait vu pour la première fois dans le tramway. Elle l'avait rencontré plusieurs fois en différentes circonstances, mais chaque fois, Georgette était avec lui.

Bon, elle n'avait aucune raison de lui en vouloir ; Georgette ne lui avait certainement pas enlevé Norman. Georgette, pensa-t-elle, paraît plus jolie qu'elle n'est en réalité. Mais lui, il est très beau.

Elle se sentait triste et vide, comme si quelque chose avait mal marché, — quelque chose qu'elle n'arrivait pas à préciser dans son esprit. Georgette avait traversé l'église sans paraître la voir, mais, un instant plus tôt, elle avait rencontré les yeux de Norman et lui avait souri. Il semblait à Livvy qu'il lui avait souri en retour.

Au loin, elle entendit prononcer les mots fatidiques :

— Je vous déclare...

Le bruit du train était revenu. Une dame marchait dans le couloir, poussant son petit garçon vers sa place. Au milieu du wagon, des rires fusaient d'un groupe de quatre adolescentes. Un employé se hâtait vers quelque besogne mystérieuse.

Livvy, pétrifiée, notait tout cela.

Elle était assise, les yeux fixés droit devant elle, tandis qu'au-dehors, les arbres se fondaient en une masse verte et confuse, et que les poteaux télégraphiques galopaient à leur rencontre.

Elle dit :

— C'est elle que tu as épousée.

Il la fixa un moment, puis ses lèvres se crispèrent légèrement. Il dit avec insouciance :

— Pas vraiment, Olivia. Réfléchis une minute, tu es quand même ma femme.

Elle se tourna vers lui.

— Oui, tu m'as épousée... parce que je suis tombée sur tes genoux. Sinon, tu aurais épousé Georgette. Si elle n'avait pas voulu de toi, tu en aurais épousé une autre. Tu aurais épousé *n'importe qui*. La voilà ta théorie sur les morceaux de puzzle qui s'emboîtent !

Norman dit très lentement :

— Enfin... je... Nom d'un chien !

Il porta les deux mains à sa tête pour lisser ses cheveux au-dessus des oreilles, où ils avaient tendance à s'ébouriffer. Pendant un instant, on eût dit qu'il essayait de retenir sa tête sur son cou. Il dit :

— Ecoute, Livvy, tu fais un tas d'histoires pour un tour de prestidigitation complètement idiot. Tu ne peux pas me reprocher quelque chose que je n'ai pas fait.

— Tu l'aurais fait.

— Comment le sais-tu ?

— Tu l'as vu.

— J'ai vu une scène ridicule... d'hypnotisme, je suppose.

Pris d'une colère soudaine, il éleva la voix. Il se tourna vers le petit homme en face de lui.

— En voilà assez, Mr Si, ou Mr comme-vous-voudrez. Allez-vous-en. Nous n'avons pas besoin de vous. Sortez avant que je vous jette par la fenêtre, vous et votre petite valise.

Livvy le poussa du coude.

— Tais-toi. *Tais-toi !* Tu n'es pas tout seul.

Le petit homme se tassa le plus qu'il put dans son coin, son petit sac noir derrière lui. Norman le regarda, puis regarda Livvy, et enfin la vieille dame de l'autre côté de l'allée, qui lui jetait des regards hautement désapprobateurs.

Il rougit et retint une remarque cinglante. Ils voyagèrent dans un silence glacial jusqu'à New London, qu'ils eurent bientôt dépassé.

Un quart d'heure après avoir quitté New London, Norman dit :

— Livvy !

Elle ne répondit pas. Elle regardait par la fenêtre, mais ne voyait rien, que la vitre.

Il répéta :

— Livvy ! Livvy ! Réponds-moi !

Elle dit d'un air morne :

— Qu'est-ce que tu veux ?

Il dit :

— Ecoute, c'est idiot. Je ne sais pas comment il s'y prend, mais, même en admettant qu'il y ait une part de vérité là-dedans, je trouve que tu n'es pas juste. Pourquoi t'es-tu arrêtée à ce moment-là ? Suppose que j'aie épousé Georgette, est-ce que tu crois aussi que tu serais restée célibataire ? A mon avis, tu devais déjà être mariée à l'époque de mon soi-disant mariage. C'est peut-être pour ça que j'ai épousé Georgette.

— Je n'étais pas mariée.

— Comment le sais-tu ?

— Je m'en serais bien aperçue. Je sais bien ce que je ressentais.

— Alors, tu te serais mariée l'année suivante.

La colère de Livvy s'aggrava. Pourtant un reste de raison clamait au plus profond d'elle-même que sa colère était ridicule, mais ça n'arrangeait rien. Ça ne faisait que l'irriter davantage, au contraire. Elle dit :

— Et si je m'étais mariée ça ne te regarderait sûrement pas.

— Bien sûr que non. Mais ça te prouverait que, dans le monde réel, on ne peut pas nous rendre responsables de tous les « et si »...

Les narines de Livvy frémirent. Elle ne dit rien.

Norman dit :

— Ecoute ! Tu te souviens de la grande soirée que Winnie avait donnée chez elle pour le Jour de l'An, il y a deux ans ?

— Evidemment. Tu m'as renversé un plein pot d'alcool dessus.

— Ça n'a rien à voir ici, et d'abord, ce n'était qu'un shaker à cocktails. Ce que je veux dire, c'est que Winnie est ta meilleure amie, et qu'elle l'était déjà bien avant qu'on se marie.

— Et alors ?

— Georgette était aussi une de ses grandes amies, non ?

— Oui.

— Très bien. Donc, Georgette et toi vous seriez allées à cette soirée, quelle que soit celle de vous deux que j'aie épousée. Ça n'aurait pas dépendu de moi. Demandons-lui de nous montrer cette soirée telle qu'elle aurait été si j'avais épousé Georgette, et je te parie que tu y seras, avec ton fiancé ou ton mari.

Livvy hésitait. Honnêtement, elle avait un peu peur que ce fût le cas.

Il dit :

— Tu recules devant le risque ?

Et cela, bien entendu, la décida. Elle se tourna vers lui, furieuse.

— Non, je ne recule pas. Et j'espère bien que je *suis* mariée. Je n'avais aucune raison de me consumer pour toi. Et de plus, j'aimerais bien voir ce qui se passera quand tu renverseras le shaker sur Georgette. Elle va en faire une histoire, et en public encore. Je la connais. Tu verras peut-être une certaine différence entre les morceaux du puzzle.

Elle regarda devant elle, et d'un geste à la fois résolu et furieux, elle se croisa les bras.

Norman regarda le petit homme, mais il était inutile de dire quoi que ce fût. La plaque de verre était déjà sur ses genoux. Les rayons obliques du soleil arrivaient de l'ouest, et l'écume blanche de ses cheveux se frangeait de rose.

Norman dit d'une voix tendue :

— Prête ?

Livvy hocha la tête, et le bruit du train s'évanouit une fois de plus.

Livvy se tenait sur le seuil, les joues rougies par le froid du dehors. Elle venait d'ôter son manteau, saupoudré de neige, et ses bras nus frissonnaient un peu au contact de l'air.

Elle répondit par de joyeux « Bonne Année ! » aux cris qui accueillirent son entrée, en élevant la voix pour dominer les criaillements de la radio. La voix perçante de Georgette fut la première qu'elle entendit en entrant, et Livvy se dirigea vers elle. Elle n'avait vu ni Georgette ni Norman depuis des semaines.

Georgette haussa un sourcil, maniérisme qu'elle cultivait soigneusement depuis quelque temps, et dit :

— Tu n'as personne avec toi, Olivia ?

Elle balaya du regard les environs immédiats, puis ses yeux revinrent se poser sur Livvy.

Livvy dit avec indifférence :

— Je crois que Dick viendra plus tard. Il avait quelque chose à faire avant.

Elle se sentait aussi indifférente qu'elle en avait l'air.

Georgette eut un sourire pincé.

— Eh bien, Norman est là, ce qui devrait t'empêcher

de te sentir seule, ma chérie. Du moins, c'est toujours ainsi que ça s'est passé les autres fois.

Comme elle disait cela, Norman sortit nonchalamment de la cuisine. Il avait un shaker à la main, et le tintement des glaçons rythmait ses paroles d'un accompagnement de castagnettes.

— Tous en rangs, ô joyeux noceurs, et venez recevoir un mélange qui vous révélera vraiment... Oh, Livvy !

Il se dirigea vers elle, un grand sourire de bienvenue aux lèvres.

— Où est-ce donc que vous vous cachiez ? Il me semble que ça fait vingt ans qu'on ne s'est pas vus. Qu'est-ce qui se passe ? C'est Dick qui vous séquestre ?

— Donne-moi à boire, Norman, dit Georgette d'un ton acide.

— Mais bien sûr, dit-il sans la regarder. Vous en voulez aussi, Livvy ? Je vais vous chercher un verre.

Il se détourna, et tout se passa très vite.

Livvy cria :

— Attention !

Elle l'avait pressenti, elle avait même la vague sensation que tout ça était déjà arrivé avant, mais la scène se déroula inexorablement. Il s'était pris le talon dans le tapis ; il trébucha, tenta de se redresser et lâcha le shaker qui sembla sauter de lui-même hors de sa main, et un demi-litre de liquide glacé inonda Livvy de la tête aux pieds.

Elle restait debout, bouche bée. Les bruits se calmèrent autour d'elle, et pendant quelques secondes intolérables, elle brossa sa robe d'un geste futile, tandis que Norman répétait :

— Enfer et damnation ! en élevant la voix de plus en plus.

Georgette dit froidement :

— C'est trop bête, Livvy. Enfin c'est de ces choses qui arrivent. Je suppose que ce n'est pas une robe chère.

Livvy se détourna et partit en courant. Elle se retrouva dans la chambre, qui, au moins, était déserte et relativement silencieuse. A la lumière de la lampe à abat-jour frangé posée sur la commode, elle fouilla dans les manteaux étendus sur le lit, cherchant le sien.

Norman était entré derrière elle.

— Ecoutez, Livvy, ne faites pas attention à ce qu'elle dit. Je suis vraiment désolé. Je paierai...

— Ça ne fait rien. Ce n'est pas votre faute.

Elle battit rapidement des paupières sans le regarder.

— Je vais rentrer chez moi me changer.

— Vous reviendrez ?

— Je ne sais pas. Je ne crois pas.

— Ecoutez, Livvy...

Il avait posé la main sur son épaule, et elle sentait la chaleur de ses doigts...

Livvy ressentit un drôle de petit pincement au cœur, comme si elle déchirait un cocon et...

... les bruits du train étaient revenus.

Quelque chose n'avait pas marché dans la scène de la plaque de verre. Maintenant, le crépuscule s'assombrissait. Les lumières du train étaient allumées. Mais cela n'avait pas d'importance. Elle semblait se remettre lentement du choc douloureux qu'elle venait de ressentir.

Norman se frottait les yeux.

— Qu'est-ce qui s'est passé ?

Livvy dit :

— Ça s'est terminé comme ça, brusquement.

Norman dit, gêné :

— Tu sais, on arrive bientôt à New Haven.

Il regarda sa montre et secoua la tête.

Livvy dit d'un air dubitatif :

— C'est sur moi que tu l'as renversé.

— Eh bien oui, comme dans la réalité.

— Mais dans la réalité, j'étais ta femme. Tu aurais dû le renverser sur Georgette, cette fois-ci. Tu ne trouves pas que c'est bizarre ?

Mais elle pensait à Norman qui l'avait suivie, à sa main brûlante sur son épaule...

Elle le regarda et dit avec une satisfaction non dissimulée :

— Je n'étais pas mariée.

— Non, tu n'étais pas mariée. Mais tu ne sortais pas avec Dick Reinhardt ?

— Si.

— Tu n'avais pas l'intention de te marier avec lui, hein Livvy ?

— Jaloux, Norman ?

Norman eut l'air confus.

— Jaloux de ça ? D'une plaque de verre ? Bien sûr que non.

— Je ne crois pas que je l'aurais épousé.

Norman dit :

— Tu sais, c'est dommage que ça se soit arrêté à ce moment-là. J'ai l'impression que quelque chose était en train de se passer.

Il s'arrêta, puis ajouta lentement :

— Comme si j'avais préféré que ce soit arrivé à n'importe qui dans la pièce, sauf à toi.

— Même à Georgette.

— Je n'avais pas l'ombre d'une pensée pour Georgette. Je suppose que tu ne me crois pas, évidemment.

— Peut-être que si.

Elle le regarda.

— J'ai été idiote, Norman. Vivons... vivons notre

vraie vie. Arrêtons de jouer avec tout ce qui aurait pu être.

Mais il lui prit la main.

— Non, Livvy. Encore une fois, une seule. Voyons ce que nous aurions été en train de faire, en ce moment même, Livvy ! En cette minute même ! Si j'avais épousé Georgette.

Livvy était un peu effrayée.

— Non, Norman !

Elle pensait aux yeux de Norman, qui la regardaient avidement tandis qu'il tenait son shaker et ne prêtait aucune attention à Georgette, debout à côté d'eux. Elle ne *désirait* pas savoir ce qui était arrivé après. Tout ce qu'elle désirait en ce moment, c'était sa vie, sa vraie vie heureuse.

Ils s'arrêtèrent à New Haven et repartirent.

Norman répéta :

— Je veux essayer, Livvy.

Elle dit :

— Si tu veux, Norman.

Elle prit la décision farouche que ça ne compterait pas. Rien ne compterait. Elle lui prit le bras à deux mains et le serra fort contre elle, et elle pensait : « Rien dans ces illusions ne peut me l'enlever. »

Norman dit au petit homme :

— Recommencez encore une fois.

Dans la lumière jaune, le processus semblait ralenti. Le verre dépoli s'éclaircit lentement, comme des nuages déchirés par un vent imperceptible.

Norman disait :

— Ce n'est pas normal. Nous voilà tous les deux, exactement comme nous sommes en ce moment.

Il avait raison. Deux petites silhouettes étaient assises dans un train, à l'avant du wagon. Maintenant, le champ s'élargissait... ils s'y fondaient. La voix de Norman leur arrivait, lointaine et affaiblie.

— C'est le même train, disait-il. La fenêtre arrière est fêlée comme celle...

Livvy était follement heureuse. Elle dit :

— Je voudrais déjà être à New York.

Il dit :

— Nous y serons dans moins d'une heure, chérie.

Puis il ajouta :

— Je vais t'embrasser.

Il fit un mouvement, comme pour mettre ses paroles à exécution.

— Pas ici, Norman ! On nous regarde !

Norman s'éloigna. Il dit :

— Nous aurions dû prendre un taxi.

— De Boston à New York ?

— Bien sûr. Ça en aurait valu la peine, pour l'intimité.

Elle éclata de rire.

— Tu es drôle quand tu joues les passionnés.

— Je ne joue pas.

Soudain, le ton de sa voix s'était assombri.

— Il ne s'agit pas d'une heure, tu sais. J'ai l'impression d'attendre depuis cinq ans.

— Moi aussi.

— Pourquoi est-ce que je ne t'ai pas rencontrée la première ? On a perdu tellement de temps.

— Pauvre Georgette, soupira Livvy.

Norman eut un mouvement d'impatience.

— Ne la plains pas, Livvy. On ne s'est jamais vraiment bien entendus. Elle a été contente de se débarrasser de moi.

— Je sais. C'est pour ça que je dis « Pauvre Georgette ! » Je la plains de n'avoir pas su apprécier ce qu'elle avait.

— Eh bien, j'espère que toi, tu apprécieras, dit-il. Tâche d'apprécier immensément, infiniment... ou plutôt, tâche d'apprécier ce que tu as au moins la moitié autant que j'apprécie moi-même ce que j'ai.

— Ou alors, tu divorceras d'avec moi aussi ?

— Promis, juré, dit Norman.

Livvy dit :

— Tout ça, c'est si étrange. Je n'arrête pas de penser : « Et si, il n'avait pas renversé le shaker sur moi à cette soirée ? Tu ne m'aurais pas suivie ; tu ne m'aurais rien dit ; je n'aurais rien su. » Tout aurait été tellement différent.

— Des bêtises, tout ça. Ça aurait été exactement pareil. Tout serait arrivé une autre fois.

— Je me le demande, dit doucement Livvy.

Les bruits de train se fondirent aux bruits du train. Les lumières de la ville se mirent à clignoter dehors, et l'atmosphère de New York les engloutit. Le compartiment s'animait, les voyageurs se répartissant les bagages.

Au milieu de ce tumulte, Livvy était comme isolée dans une île quand Norman la secoua.

Elle le regarda et dit :

— Les morceaux du puzzle, après tout.

Il dit :

— Oui.

Elle posa sa main sur la sienne.

— Mais quand même, ce n'est pas bien. J'ai eu tort. Je pensais que, parce que nous sommes l'un à l'autre, nous pouvions avoir tous les autres *possibles*. Mais les possibles ne nous regardent pas. Le réel est suffisant. Tu comprends ce que je veux dire ?

Il hocha la tête.

Elle dit :

— Il y a des millions d'autres « Et si... » Je ne veux pas les connaître. Je ne dirai plus jamais « et si ».

Norman dit :

— Calme-toi, ma chérie. Voilà ton manteau.

Et il commença à descendre leurs valises.

Livvy dit soudain d'un ton tendu :

— Où est Mr Si ?

Norman se tourna lentement vers le siège vide en face d'eux. Ensemble, ils parcoururent du regard tout le wagon.

— Il est peut-être allé dans le compartiment voisin, dit Norman.

— Mais pourquoi ? Et puis, il n'aurait pas laissé son chapeau.

Et elle se baissa pour le prendre.

Norman dit :

— Quel chapeau ?

Et Livvy s'arrêta, ses doigts ne rencontrant que le vide. Elle dit :

— Il était là. Je l'ai presque touché.

Elle se redressa et dit :

— Oh, Norman, et si...

Norman posa un doigt sur ses lèvres.

— Chérie...

Elle dit :

— Excuse-moi. Bon, je vais t'aider à descendre les valises.

Le train plongea dans le tunnel sous Park Avenue, et le bruit des roues devint assourdissant.

PREFACE A « SALLY »

Puisque j'ai déjà mentionné le psychiatre de service dans l'introduction de « Et si... », j'ai aussi vite fait de continuer à parler de ces types qui analysent toutes les œuvres littéraires à la lumière freudienne.

Avec un tour d'esprit freudien et suffisamment d'ingéniosité, il est, je crois, possible, de traduire n'importe quelle série de mots (rationnels, irrationnels et loufoques) en symboles sexuels, puis de disserter doctement sur l'inconscient de l'écrivain.

Je l'ai déjà dit, et je le répète. Je ne sais pas ce que recèle mon subconscient, et je m'en moque. Je ne sais même pas avec certitude si j'en ai un.

On m'a dit que le subconscient peut à tel point déformer la personnalité, que la seule façon de la normaliser est l'analyse minutieuse des facteurs mentaux du sujet, sous la direction d'un analyste.

C'est peut-être vrai, mais la seule chose assez grave chez moi pour justifier l'intervention du psychiatre, c'est l'impulsion forcenée qui me pousse à écrire. Peut-être que si on me vidait l'esprit et qu'on me débarrasse de cette impulsion contraignante, je passerais plus de temps à paresser au soleil, à jouer au golf ou à toute autre activité pratiquée par les gens qui n'ont rien de mieux à faire.

Mais je n'en ai pas envie, merci bien. Je sais tout ce qu'il faut savoir sur cette impulsion, elle me plaît, et je veux la garder. Je laisse ma place à qui la veut pour paresser au soleil et jouer au golf.

Aussi, j'espère que l'envie ne viendra jamais à personne d'analyser mes nouvelles pour venir me trouver ensuite avec l'explication complète de mes impulsions, remords et névroses, en s'attendant à ce que je le remercie avec des larmes dans la voix. Je ne suis pas preneur. Le sens caché de mes histoires ne m'intéresse pas. Si vous le découvrez, gardez-le pour vous.

Ce qui m'amène à « Sally ». Il est bien connu que le mâle américain moyen aime sa voiture d'une passion pseudo-sexuelle, et qui suis-je après tout, pour me distinguer de l'américain moyen ?

Toute personne qui lira « Sally » sentira que je me sens fortement attiré par l'héroïne de l'histoire, et que cela est probablement le reflet de ma vie réelle. Vers la fin de l'histoire, Sally fait quelque chose qui permettra à l'amateur freudien de s'en donner à cœur joie. (Oh, trouvez vous-mêmes, ce n'est pas difficile !) Le symbolisme sexuel crève les yeux, et le psychiatre de service pourra en glousser de rire jusqu'à ce que mort s'en suive au sujet de ce qu'il sera certain d'avoir découvert dans mon subconscient.

Sauf qu'il se trompera complètement, parce que rien ne vient de mon subconscient. Tout a été soigneusement et délibérément inséré par mon esprit conscient, parce que ça me faisait plaisir.

Première publication : Fantastic, *mai-juin 1953.*

SALLY

Sally suivait la route qui longe le lac. Je lui fis signe et l'appelai par son nom. J'ai toujours aimé voir Sally. Comprenez-moi bien, je les aime toutes, mais Sally est la plus jolie du lot. Il n'y a aucun doute là-dessus.

Elle pressa un peu l'allure quand je lui fis signe. Sans perdre de sa dignité. Ça, jamais. Elle pressa juste un peu l'allure pour montrer qu'elle aussi était contente de me voir.

Je me tournai vers l'homme debout près de moi.

— C'est Sally, dis-je.

Il me sourit en hochant la tête.

Mrs Hester l'avait fait entrer. Elle avait dit :

— Je vous présente Mr Gellhorn, Jake. Vous vous souvenez qu'il vous a écrit pour vous demander un rendez-vous.

Façon de parler. J'ai un million de choses à faire à la Ferme, et s'il y a une chose pour laquelle je ne veux pas perdre mon temps, c'est bien le courrier. C'est pourquoi Mrs Hester est là. Elle habite tout près, et s'entend à merveille à s'occuper de toutes ces bêtises sans venir m'ennuyer à me demander mon avis, et, par-dessus tout, elle aime Sally et les autres. Ce n'est pas le cas de tout le monde.

— Enchanté, Mr Gellhorn, dis-je.

— Raymond J. Gellhorn, dit-il en me tendant une main que je secouai avant de la lui rendre.

C'était un gros type, d'une demi-tête de plus que moi, et plus large d'épaules aussi. Il avait à peu près la moitié de mon âge, la trentaine. Cheveux noirs, bien lissés et gomminés, avec la raie au milieu, et une fine moustache très soigneusement taillée. Les os de ses pommettes saillaient généreusement sous ses oreilles, de sorte qu'il avait l'air d'avoir les oreillons. Au vidéo, il aurait naturellement joué les méchants, de sorte que j'en conclus que ce devait être un brave type. Ce qui prouve que la vidéo n'a pas toujours tort.

— Je me présente : Jacob Flokers, dis-je. Qu'est-ce que je peux faire pour vous ?

Il sourit. Un large sourire plein de dents.

— Vous pouvez me parler un peu de votre Ferme, si ça ne vous ennuie pas.

J'entendis Sally arriver derrière moi, et je tendis la main. Elle vint s'arrêter juste dessous, et je sentis l'émail dur et brillant de son aile tout chaud sous ma paume.

— Très belle automatobile, dit Gellhorn.

C'est une façon de parler. Sally est une décapotable 2045, avec un moteur positronique Hennis-Carleton et un chassis Armat. Ses lignes sont les plus fines et les plus pures que j'aie jamais vues, sans exception. Depuis cinq ans, c'était ma préférée, et je l'avais équipée de tout ce à quoi j'avais pu penser. Et durant tout ce temps, jamais un être humain ne s'était assis derrière son volant.

Pas une seule fois.

— Sally, dis-je en la flattant doucement de la main, je te présente Mr Gellhorn.

Le ronronnement de Sally monta d'un ton. J'écoutai attentivement si je détectai des tapements. Récemment, j'avais noté que presque toutes les voitures avaient des moteurs qui tapaient, et changer d'essence n'avait amené aucune amélioration. Mais le ronronnement de Sally était aussi doux que sa peinture, pour cette fois.

— Vous avez donné des noms à toutes vos voitures ? demanda Gellhorn.

Il avait l'air amusé, et Mrs Hester n'aime pas les gens qui ont l'air de s'amuser de la Ferme. Elle dit d'un ton tranchant :

— Certainement. Les voitures ont toutes leur personnalité, n'est-ce pas, Jake ? Les conduites intérieures sont toutes mâles, et les décapotables, femelles.

De nouveau, Gellhorn sourit.

— Et est-ce qu'elles font garage à part, Madame ?

Mrs Hester le fusilla du regard.

Gellhorn me dit :

— Et maintenant, pourrais-je vous parler seul à seul, Mr Flokers ?

— Ça dépend, dis-je. Vous êtes journaliste ?

— Non, Monsieur. Je suis agent commercial. Rien de ce que nous dirons ne sera publié. Je vous assure que ce qui m'intéresse, c'est de vous parler en particulier.

— Marchons un peu sur la route. Nous trouverons un banc pour nous asseoir.

On se mit en route. Mrs Hester s'éloigna. Sally nous suivit.

Je dis :

— Ça ne vous fait rien que Sally vienne avec nous, n'est-ce pas ?

— Rien du tout. Elle ne répétera pas ce que nous dirons, n'est-ce pas ?

Il rit de sa plaisanterie, et tendit la main pour caresser la grille de Sally.

Sally fit ronfler son moteur, et Gellhorn retira sa main en toute hâte.

— Elle n'a pas l'habitude de voir des étrangers, expliquai-je.

On s'assit sur le banc, sous un gros chêne d'où nous pouvions voir, de l'autre côté du petit lac, notre circuit de course privé. On était au plus chaud de la journée, et les voitures étaient sorties en force. Au moins une trentaine. Même à cette distance, je voyais que Jérémie se livrait à sa farce favorite. Elle consistait à arriver doucement derrière un vieux et sage modèle, puis à pousser une pointe de vitesse et à doubler en faisant grincer ses freins à dessein. Quinze jours plus tôt, il avait ainsi poussé le vieux Angus hors de la route, et j'avais coupé le moteur de Jérémie pendant deux jours.

Pourtant, j'avais bien peur que ça n'ait servi à rien, et il semble bien qu'il n'y ait rien à faire. D'abord, Jérémie est un modèle sport, et ce sont tous des têtes brûlées.

— Eh bien, Mr Gellhorn, dis-je, pourriez-vous me dire pourquoi vous voulez ces renseignements.

Mais il était en train de regarder les alentours.

— C'est un endroit étonnant, Mr Flokers.

— Appelez-moi donc Jake, comme tout le monde.

— D'accord, Jake. Combien de voitures avez-vous ici ?

— Cinquante et une. Nous en prenons une ou deux nouvelles par an. Une année, nous sommes allés jusqu'à cinq. Jusqu'à maintenant, nous n'en avons perdu aucune. Elles sont toutes en forme parfaite. Nous avons même un modèle Mat-O-Mot 15 en état de marche. L'un des premiers modèles automatiques. La première voiture que nous ayons eue ici.

Bon vieux Matthew. Maintenant, il restait dans son

garage presque tout le temps, mais pourtant, il était le grand-père de toutes les voitures à moteurs positroniques. C'était à l'époque où seuls les aveugles de guerre, les paraplégiques et les chefs d'état avaient des voitures automatiques. Mais mon patron était Samson Harridge, et il était assez riche pour s'en payer une. J'étais son chauffeur.

A cette pensée, je me sentis très vieux. Je me souviens encore de l'époque où il n'y avait pas au monde une seule automobile assez intelligente pour trouver son chemin toute seule. Je conduisais des machines inertes, qui avaient besoin du contrôle de la main de l'homme à tous les instants. Tous les ans, des machines comme ça tuaient des dizaines de milliers de personnes.

Les automatiques avaient changé tout ça. Un cerveau positronique réagit beaucoup plus vite qu'un cerveau humain, bien entendu, et les gens avaient avantage à ne pas toucher aux commandes. On montait, on pressait des boutons pour indiquer sa destination, et la voiture partait toute seule.

Maintenant, on trouve ça normal, mais je me souviens des premières lois interdisant les routes aux vieilles machines et limitant le trafic aux automatiques. Grands dieux, ça en avait fait un foin ! Ils avaient dit que c'était du communisme et du fascisme, sans compter le reste, mais ça avait dégagé les routes, arrêté les hécatombes, et pourtant, il y avait plus de gens qui voyageaient à la nouvelle manière, et plus facilement.

Bien entendu, les automatiques étaient dix à cent fois plus chères que les voitures à conduite manuelle, et il n'y avait pas beaucoup de gens qui pouvaient s'en payer une. L'industrie s'était spécialisée dans la production d'omnibus-automatiques. Il suffisait d'appeler une compagnie pour qu'un autobus s'arrête à votre porte et vous emmène où vous vouliez aller. En général, il fallait voyager en compagnie de gens allant dans la même direction, mais qu'est-ce qu'il y a de mal à ça ?

Pourtant, Samson Harridge avait une voiture personnelle, et j'allais le trouver à la minute même où elle arriva. Pour moi, cette voiture n'était pas encore Matthew. Je ne savais pas qu'un jour elle deviendrait la doyenne de la Ferme. Tout ce que je savais, c'est qu'elle m'enlevait mon gagne-pain, et je la haïssais.

Je dis :

— Vous n'aurez plus besoin de moi, maintenant, Mr Harridge ?

Il dit :

— Qu'est-ce que vous radotez là, Jake ? Vous ne croyez pas que je vais confier ma vie à un machin pareil, non ? Vous allez bel et bien rester aux commandes.

Je dis :

— Mais ça marche tout seul, Mr Harridge. Elle sonde la route, réagit comme il faut aux obstacles humains et aux autres voitures, et se souvient des itinéraires.

— C'est ce qu'ils disent. C'est ce qu'ils disent. Mais vous resterez quand même derrière le volant, au cas où quelque chose ne tournerait pas rond.

C'est drôle comme on se met à aimer une voiture. En un rien de temps, je me mis à l'appeler Matthew, et je passais tout mon temps à la polir et à faire tourner son moteur. Un cerveau positronique fonctionne au mieux quand il garde tout le temps le contrôle de son chassis, de sorte que ça vaut la peine que le réservoir soit toujours rempli, afin que le moteur puisse tourner au ralenti jour et nuit. Au bout d'un certain temps, j'en arrivai à savoir comment Matthew se sentait juste au bruit du moteur.

A sa façon, Harridge se mit aussi à s'attacher à

Matthew. Il n'avait personne d'autre à aimer. Marié trois fois, il avait divorcé ou survécu à ses femmes, et également survécu à cinq enfants et à trois petits-enfants. De sorte que, quand il mourut, il n'est pas surprenant qu'il ait converti sa propriété en une Ferme pour les Automobiles Retraitées, dont je fus le directeur, et Matthew le premier d'une longue lignée pleine de distinction.

Il se trouve que ça devint ma raison de vivre. Je ne me mariai pas. On ne peut pas se marier et s'occuper d'automatiques comme on doit s'en occuper.

Les journaux pensèrent que c'était drôle, mais au bout d'un moment, ils cessèrent de plaisanter à ce sujet. Il y a des choses sur lesquelles on ne peut pas plaisanter. Peut-être que vous n'avez pas encore pu vous offrir une automatique, et peut-être que vous ne le pourrez jamais, mais, croyez-moi, on se met à les aimer. Elles sont travailleuses et affectueuses. Il faut n'avoir pas de cœur pour les maltraiter ou pour supporter de les voir maltraiter.

C'est ainsi que les propriétaires d'automatiques en vinrent à prendre des dispositions pour les léguer à la Ferme, dans les cas où ils n'avaient pas d'héritier en qui ils puissent avoir confiance pour les soigner comme il faut.

C'est ce que j'expliquai à Gellhorn.

Il dit :

— Cinquante et une voitures ! Ça représente une fortune !

— Cinquante mille dollars minimum par automatique, comme investissement originel, dis-je. Elles valent beaucoup plus maintenant. Je les ai arrangées.

— L'entretien de la Ferme doit coûter très cher.

— Là, vous avez raison. La Ferme est une société sans but lucratif, ce qui nous accorde des allègements fiscaux, et, bien entendu, les nouvelles voitures arrivent généralement avec des legs pour leur entretien. Pourtant, les frais augmentent sans cesse. Il faut entretenir les jardins ; je crée sans cesse des routes nouvelles et répare les anciennes ; et il y a l'essence, l'huile, les réparations et les nouveaux gadgets. Tout cela s'accumule.

— Et il y a longtemps que vous vous consacrez à cela ?

— Certainement, Mr Gellhorn. Trente-trois ans.

— Vous ne semblez pas en retirer grand-chose sur le plan personnel.

— Vraiment ? Vous m'étonnez, Mr Gellhorn. J'ai Sally, et cinquante autres. Regardez-la.

Je souriais. Je ne pouvais pas m'en empêcher. Sally était si belle, que ça en faisait mal. Quelque insecte avait dû venir mourir contre son parebrise, ou bien c'était une petite tache de boue qui était venue s'y écraser, de sorte qu'elle se mettait au travail. Un petit tuyau jaillit et répandit du Tergosol sur la vitre. Il s'étendit rapidement sur toute la surface de la vitre couverte d'une pellicule de silicone, et de petits balais en caoutchouc se mirent immédiatement en place, balayant le parebrise et forçant l'eau à entrer dans un petit canal qui la conduisait, goutte à goutte, jusqu'au sol. Pas la moindre gouttelette ne s'était répandue sur son capot vert pomme scintillant. Balai et tube détergent revinrent à leur position première et disparurent.

Gellhorn dit :

— Je n'ai jamais vu une automatique faire ça.

— Evidemment, dis-je. J'ai spécialement adapté ça sur nos voitures. Elles sont propres. Elles sont toujours en train de laver leurs vitres. Elles aiment ça. J'ai même équipé Sally de pulvérisateurs de cire. Elle se cire elle-même tous les soirs, jusqu'à ce qu'on puisse se regarder dans sa carosserie comme dans une glace. Si j'arrive à rassembler assez d'argent, j'équiperai toutes mes petites de la même façon. Les décapotables sont très vaniteuses.

— Je peux vous dire comment obtenir cet argent, si ça vous intéresse.

— Ça m'intéresse toujours. Comment ?

— Est-ce que ce n'est pas évident. Jake ? Vous avez dit que toutes vos voitures valent cinquante mille dollars, minimum. Et je parie que la plupart d'entre elles dépassent les cent mille.

— Et alors ?

— Vous n'avez jamais pensé à en vendre quelques-unes ?

Je secouai la tête.

— Je suppose que vous ne le réalisez pas, Mr Gellhorn, mais je ne peux en vendre aucune. Elles appartiennent à la Ferme, pas à moi.

— L'argent irait à la Ferme.

— Les papiers de l'association précisent que la Ferme doit s'en occuper à perpétuité. Elles ne peuvent pas être vendues.

— Et les moteurs, alors ?

— Je ne vous comprends pas.

Gellhorn changea de position et prit une voix confidentielle.

— Ecoutez, Jake, permettez-moi de vous expliquer la situation. Il existe un vaste marché pour les voitures personnelles automatiques, si on peut les vendre assez bon marché. Exact ?

— Ce n'est pas un secret.

— Et les moteurs représentent quatre-vingt-quinze pour cent du prix. Je sais où me procurer des carrosseries. Je sais où nous pouvons vendre des automatiques un bon prix, — vingt ou trente mille dollars pour les modèles les meilleur marché, peut-être cinquante ou soixante mille pour des modèles plus perfectionnés. Tout ce dont j'ai besoin, ce sont des moteurs. Vous voyez la solution ?

— Non, Mr Gellhorn.

Je la voyais parfaitement, mais je voulais qu'il s'explique clairement.

— Elle est sous vos yeux. Vous avez cinquante et un moteurs. Vous êtes un expert mécanicien en automobile, Jake. Vous pourriez déconnecter un moteur et le mettre dans une autre carrosserie, de sorte que personne ne s'apercevrait de la différence.

— Ce ne serait pas très moral.

— Ça ne ferait aucun mal aux voitures. Vous leur rendriez service. Prenez vos plus vieilles. Prenez cette vieille Mat-O-Mot.

— Pas si vite, Mr Gellhorn. Le moteur et la carrosserie ne sont pas deux entités distinctes. Ils forment un tout. Ces moteurs ont l'habitude de leur propre carrosserie. Ils ne seraient pas heureux dans une autre.

— D'accord, c'est un argument. Un très bon argument, Jake. Ce serait la même chose que de prendre votre cerveau et de le mettre dans le crâne d'un autre. D'accord ? Vous pensez que vous n'aimeriez pas ça ?

— Non. Je pense que je n'aimerais pas du tout.

— Mais si on prenait votre cerveau pour le mettre dans le corps d'un jeune athlète ? Qu'est-ce que vous dites de ça, Jake ? Si vous le pouviez, ça ne vous plairait pas d'avoir de nouveau vingt ans ? Voilà ce que j'offre à certains de vos moteurs positroniques. On les mettra dans des carrosseries neuves 57. Derniers modèles.

J'éclatai de rire.

— Ça n'a aucun sens, Mr Gellhorn. Certaines de nos voitures sont peut-être vieilles, mais elles sont très bien soignées. Personne ne les conduit jamais. Elles font ce qu'elles veulent. Elles sont *à la retraite*, Mr Gellhorn. Je ne voudrais pas d'un corps de vingt ans s'il me fallait pour ça passer ma nouvelle vie à creuser des tranchées sans jamais avoir assez à manger... Que pensez-vous de Sally ?

Les deux portes de Sally s'ouvrirent et se refermèrent avec un claquement discret.

— Qu'est-ce que c'est ? dit Gellhorn.

— C'est sa façon à elle de rire.

Gellhorn eut un sourire forcé. Je crois qu'il pensait que je faisais une mauvaise plaisanterie. Il dit :

— Soyez raisonnable, Jake. Les voitures sont *faites* pour être conduites. Probablement qu'elles ne sont pas heureuses si on ne les conduit pas.

Je dis :

— On n'a pas conduit Sally depuis cinq ans. Moi, je trouve qu'elle a l'air heureuse.

— Je me le demande.

Il se leva et marcha lentement vers Sally.

— Hello, Sally, ça vous plairait qu'on vous conduise ?

Le moteur de Sally se mit à vrombir et elle recula.

— Ne la poussez pas, Mr Gellhorn, dis-je. Elle est un peu fantasque.

Deux conduites intérieures étaient à cent mètres sur la route. Elles s'étaient arrêtées. Peut-être qu'à leur façon, elles regardaient. Je ne m'en occupai pas. J'avais les yeux fixés sur Sally et je ne les détournai pas.

Gellhorn dit :

— Tout beau, Sally.

Il étendit le bras et saisit la poignée. Elle ne bougea pas, bien entendu.

Il dit :

— La porte s'est ouverte il y a une minute.

Je dis :

— Fermeture automatique. Elle a de la pudeur, Sally.

Il lâcha la poignée et dit, lentement et en pesant ses mots :

— Une voiture qui a de la pudeur ne devrait pas se promener avec sa capote baissée.

Il s'éloigna de trois ou quatre pas, puis vite, si vite que je n'eus pas le temps de faire un mouvement pour l'arrêter, il prit son élan et sauta dans la voiture. Il prit Sally absolument par surprise, parce que, au moment où il s'assit, il coupa le contact avant que Sally ait eu le temps de démarrer.

Pour la première fois en cinq ans, le moteur de Sally était mort.

Je crois que je poussai un hurlement, mais Gellhorn avait branché les commandes manuelles. Il démarra le moteur. Sally revivait, mais elle n'avait plus aucune liberté d'action.

Il s'engagea sur la route. Les conduites intérieures étaient toujours là. Elles firent demi-tour et s'éloignèrent, pas très vite. Je suppose qu'elles étaient perplexes.

L'une d'elles était Giuseppe, des usines de Milan, et l'autre était Stephen. Ils étaient toujours ensemble. Ils étaient tous deux nouveaux à la Ferme, mais ils y étaient depuis assez longtemps pour savoir que nos voitures n'avaient jamais de chauffeurs.

Gellhorn allait tout droit, et quand les conduites intérieures comprirent enfin que Sally ne ralentirait pas, qu'elle *ne pouvait pas* ralentir, il était trop tard pour toute autre chose que des mesures désespérées.

Ils s'élancèrent, chacun de son côté, et Sally passa entre eux comme une flèche. Steve fracassa la barrière du lac et s'arrêta dans l'herbe et la boue à moins de vingt centimètres du rivage. Giuseppe cahota dans la campagne jusqu'à ce qu'il s'arrête de lui-même.

Je remis Steve sur la route, essayant de découvrir quel dommage la barrière lui avait causé, quand Gellhorn revint.

Gellhorn ouvrit la porte de Sally et descendit. Il se pencha pour couper le contact.

— Voilà, dit-il. Je crois que je lui ai fait du bien.

Je retins ma colère.

— Pourquoi est-ce que vous avez foncé sur les conduites intérieures ? Il n'y avait aucune raison de faire ça.

— Je croyais qu'elles s'écarteraient.

— C'est ce qu'elles ont fait. L'une a défoncé une barrière.

— Désolé, Jake, dit-il. Je pensais qu'elles bougeraient plus vite. Vous savez ce que c'est. Je suis monté dans beaucoup d'autobus, mais je n'ai été que deux ou trois fois dans ma vie dans une automatique privée, et c'est la première fois que j'en conduis une. Voilà l'effet que ça fait, Jake. D'en conduire une, je m'y suis laissé prendre, et pourtant, je suis un dur-à-cuire. Je vous le dis, il suffit de vendre vingt pour cent au-dessous des prix pour atteindre un marché intéressant. Et ce serait du quatre-vingt-dix pour cent de bénéfice.

— Que nous partagerions comment ?

— Fifty-fifty. N'oubliez pas que je prends tous les risques.

— C'est bon Je vous ai écouté. Maintenant, écoutez-moi.

J'élevais la voix parce que j'étais trop en colère pour me soucier de la politesse.

— Quand vous avez coupé le moteur de Sally, vous lui avez fait mal. Ça vous plairait qu'on vous fasse perdre conscience avec brutalité ? C'est ce que vous avez fait à Sally, quand vous avez coupé son moteur.

— Vous exagérez, Jake. On coupe le moteur de tous les automatobus tous les soirs.

— Je sais, et c'est pour ça que je ne veux pas que mes petits et mes petites déménagent dans vos belles carrosseries 57, où je ne sais pas comment ils seraient traités. Les circuits positroniques des autobus nécessitent de grosses réparations tous les deux ans. On n'a pas touché le circuit du Vieux Matthew depuis vingt ans. Qu'est-ce que vous pouvez leur offrir, en comparaison ?

— Bon, vous voilà tout excité. Réfléchissez à ma proposition quand vous vous serez calmé, et faites-moi signe.

— C'est tout réfléchi. Si je vous revois jamais, j'appelle la police.

Sa bouche se durcit. Il dit :

— Juste une minute, le vieux.

— Une minute vous-même. Vous êtes dans une propriété privée, et je vous ordonne d'en sortir.

Il haussa les épaules.

— Bon. Alors, au revoir.

Je dis :

— Mrs Hester va vous raccompagner. Et que ce soit un au revoir définitif.

Mais ce ne fut pas définitif. Je le revis deux jours plus tard. Deux jours et demi, plutôt, car il était environ midi quand je le vis pour la première fois, et un peu après minuit quand il revint.

Je m'assis dans mon lit quand il alluma la lumière, clignant des yeux jusqu'à ce que j'aie compris ce qui arrivait. Une fois que je pus voir, je n'eus pas besoin de beaucoup d'explications. D'aucune, en fait. Il avait un pistolet à la main droite, dont le méchant petit canon aiguille était à peine visible entre deux doigts. Je savais que tout ce qu'il avait à faire, c'était d'augmenter un peu la pression de sa main sur le pistolet, et que je serais mis en pièces.

Il dit :

— Habillez-vous, Jake.

Je ne bougeai pas. Je continuai à le regarder.

Il dit :

— Ecoutez, Jake, je connais la situation. Je suis venu vous voir il y a deux jours, vous vous souvenez. Vous n'avez pas de gardes ici, pas de barrières électrifiées, pas de dispositif d'alarme. Rien.

Je dis :

— Je n'en ai pas besoin. En tout cas, il n'y a rien qui vous empêche de partir, Mr Gellhorn. C'est ce que je ferais, à votre place. Cet endroit peut devenir très dangereux.

Il eut un petit rire.

— Dangereux, pour celui qui n'est pas du côté du pistolet.

— Je le vois, dis-je. Je sais que vous en avez un.

— Alors, remuez-vous. Mes hommes attendent.

— Non, Mr Gellhorn. Pas avant que vous n'ayez dit ce que vous voulez, et je ne bougerai probablement pas plus quand je le saurai.

— Je vous ai fait une proposition avant-hier.

— La réponse est toujours : non.

— J'ai davantage à vous proposer aujourd'hui. Je suis venu avec quelques hommes et un automatobus. Vous aurez la possibilité de déconnecter vingt-cinq moteurs positroniques. Je me moque de ceux que vous choisirez. Nous les chargerons dans l'automatobus et nous les emmenerons. Quand nous les aurons vendus, je veillerai à ce que vous receviez votre juste part de l'argent.

— Je suppose que j'ai votre parole sur ce point.

Il ne réagit pas comme s'il trouvait ma remarque sarcastique.

Il dit :

— Vous l'avez.

Je dis :

— Non.

— Si vous vous obstinez à refuser, nous procéderons à notre manière. Je déconnecterai les moteurs moi-même, seulement j'en déconnecterai cinquante et un. Tous, jusqu'au dernier.

— Ce n'est pas facile de déconnecter des moteurs positroniques, Mr Gellhorn. Etes-vous un expert en robotique ? Même si vous l'êtes, j'ai moi-même modifié ces moteurs, vous savez.

— Je sais, Jake. Et, pour dire la vérité, je ne suis pas un expert. J'en bousillerai sans doute plusieurs en essayant de les enlever moi-même. C'est pourquoi je serai obligé de les prendre tous si vous ne vous montrez pas coopératif. Voyez-vous, il ne m'en restera peut-être que vingt-cinq quand j'aurai fini. Les premiers auxquels je m'attaquerai souffriront le plus. Jusqu'à ce que je me sois fait la main. Et si je dois faire le travail moi-même, je commencerai par Sally.

Je dis :

— Je ne peux pas croire que vous parliez sérieusement, Mr Gellhorn.

Il dit :

— Je parle très sérieusement, Jake.

Il ne se pressait pas, pour que j'aie le temps d'assimiler.

— Si vous voulez nous aider, vous pourrez garder

Sally. Sinon, elle sera probablement très gravement endommagée. Désolé.

Je dis :

— Je vais vous accompagner. Mais je vous avertis encore. Vous allez avoir beaucoup d'ennuis, Mr Gellhorn.

Il pensa que c'était très drôle. Il riait doucement tandis que nous descendions les escaliers ensemble.

Il y avait un automatobus arrêté sur la route conduisant aux garages-appartements. Les ombres de trois hommes se profilaient près de lui, et ils allumèrent leurs torches électriques quand nous approchâmes.

Gellhorn dit à voix basse :

— J'ai le vieux. Venez. Amenez l'autobus et commençons tout de suite.

L'un des trois se pencha vers l'intérieur de l'autobus et programma ses instructions au tableau de bord. Nous remontâmes la route, l'autobus nous suivant docilement.

— Il n'entrera pas dans le garage, dis-je. La porte ne l'admettra pas. Nous n'avons pas d'autobus, ici. Seulement des voitures.

— D'accord, dit Gellhorn. Parquez-le dans l'herbe et hors de vue.

J'entendais le bourdonnement des moteurs alors que nous étions encore à dix mètres du garage.

En général, elles se calment quand j'entre. Cette fois-ci, elles ne se calmèrent pas. Je pense qu'elles savaient qu'il y avait des étrangers, et une fois que les visages de Gellhorn et des autres apparurent, elles devinrent encore plus bruyantes. Tous les moteurs grondaient, et tous se mirent à vrombir irrégulièrement jusqu'à ce que tout le garage frémisse.

Les phares s'allumèrent automatiquement quand nous

entrâmes. Gellhorn n'eut pas l'air surpris du bruit, mais les trois hommes qui l'accompagnaient eurent l'air étonné et mal à l'aise. Ils avaient la mine de bandits à gages, un air qui ne venait pas de traits physiques bien déterminés, mais qui venait de leurs yeux défiants et de leur expression veule. Je connaissais le type et je ne m'inquiétai pas.

L'un d'eux dit :

— Nom de dieu, elles brûlent de l'essence.

— Mes voitures en brûlent toujours, répliquai-je avec raideur.

— Pas ce soir, dit Gellhorn. Coupez tous les moteurs.

— Ce n'est pas si facile, Mr Gellhorn, dis-je.

— Allez-y ! dit-il.

Je restai debout, sans bouger. Il pointait son pistolet sur moi, sans fléchir. Je dis :

— Je vous ai dit, Mr Gellhorn, que mes voitures ont toujours été bien traitées depuis qu'elles sont à la Ferme. Elles ont l'habitude d'être traitées ainsi, et elles n'aiment pas l'être autrement.

— Vous avez une minute, dit-il. Vous me ferez des discours une autre fois.

— J'essayais de vous expliquer. De vous expliquer que mes voitures comprennent ce que je leur dis. C'est une chose qu'un moteur positronique peut apprendre avec du temps et de la patience. Mes voitures ont appris. Sally a compris vos propositions, avant-hier. Souvenez-vous qu'elle a ri quand je lui ai demandé son avis. Elle sait aussi ce que vous lui avez fait, et aussi les deux conduites intérieures sur lesquelles vous avez foncé. Et les autres savent ce qu'il faut faire aux intrus en général.

— Ecoutez, espèce de vieux fou...

— Tout ce que j'ai à dire...

J'élevai la voix :

— Foncez !

L'un des hommes se décomposa et se mit à hurler. Mais sa voix fut complètement couverte par le tintamarre de cinquante et un klaxons qui se déchaînèrent en même temps. Ils tenaient la note, et, entre les quatre murs du garage, l'écho prit une tonalité métallique et sauvage. Deux voitures démarrèrent, sans se presser, mais sans qu'il y ait de doute possible quant à leur cible. Deux autres les suivirent. Toutes les voitures bougeaient dans leurs boxes.

Les bandits regardèrent, éberlués, puis reculèrent.

Je criai :

— Ne vous mettez pas contre un mur.

Apparemment ils avaient instinctivement eux la même idée. Ils se précipitèrent comme des fous vers la porte.

A la porte, l'un des hommes de Gellhorn se retourna, leva son pistolet. La balle déchira l'air avec une flamme bleue en direction de la première voiture. C'était Giuseppe.

Sur son capot, la peinture fut enlevée suivant une mince ligne, et le côté droit de son pare-brise s'étoila sans se briser.

Les hommes avaient passé la porte et couraient, et, deux par deux, les voitures se précipitaient dans la nuit à leur poursuite, sonnant la charge de leurs klaxons.

Je tenais toujours Gellhorn par le coude, mais je ne pense pas qu'il aurait bougé, de toute façon. Ses lèvres tremblaient.

Je dis :

— Voilà pourquoi je n'ai pas besoin de clôtures électrifiées, ni de gardes. Mes voitures se protègent elles-mêmes.

Fasciné, Gellhorn les suivait des yeux au passage,

tandis que, deux par deux, elles sortaient en vrombissant. Il dit :

— Ce sont des tueuses !

— Ne faites pas l'idiot. Elles ne tueront pas vos hommes.

— Ce sont des tueuses !

— Elles se contenteront de leur donner une leçon. Mes voitures ont été spécialement entraînées au cross-country en vue d'une circonstance semblable. Je crois que ce que vos hommes vont vivre maintenant sera pire qu'une mort rapide. Est-ce que vous avez déjà été pris en chasse par une automobile ?

Gellhorn ne répondit pas.

Je continuai. Je ne voulais rien lui épargner.

— Elles seront des ombres, allant à la même vitesse que vos hommes, les poursuivant ici, leur bloquant le chemin par-là, les éblouissant, se précipitant sur eux, les manquant dans un bruit de freins assourdissant et de terrifiants vrombissements de moteurs. Elles continueront jusqu'à ce qu'ils s'écroulent, hors d'haleine et à demi-morts, attendant que les roues écrasent leurs os endoloris. Les voitures ne le feront pas. Elles se détourneront. Mais pourtant, je vous parie que vos hommes ne remettront jamais les pieds ici de leur vie. Pas pour tout l'argent que vous ou dix comme vous pourriez leur donner. Ecoutez...

Je lui serrai le coude. Il tendit l'oreille.

Je dis :

— Vous n'entendez pas des portes de voitures claquer ?

Le bruit était faible et distant mais indubitable.

Je dis :

— Elles rient. Elles s'amusent.

Son visage se convulsa de rage. Il leva la main. Il tenait toujours son pistolet.

Je dis :

— Je ne vous le conseille pas. Il y a encore une automatobile avec nous.

Je crois que, jusqu'à ce moment, il n'avait pas remarqué Sally. Elle s'était approchée si discrètement que son aile droite me touchait presque, et pourtant je n'entendais pas son moteur. On aurait dit qu'elle retenait sa respiration.

Gellhorn hurla.

Je dis :

— Elle ne vous touchera pas, tant que je serai avec vous. Mais si vous me tuez... Vous savez que Sally ne vous aime pas.

Gellhorn tourna son pistolet en direction de Sally.

— Son moteur est blindé, dis-je, et, avant que vous ayez pu tirer une seconde fois, elle serait sur vous.

— C'est bon, hurla-t-il.

Et soudain, il me ramena le bras en arrière et le tordit de telle sorte que je pouvais à peine me tenir debout. Il me tenait entre Sally et lui, sans relâcher sa pression.

— Sortez à reculons avec moi, le vieux, et ne cherchez pas à vous échapper, ou je vous arrache le bras.

Je fus obligé de le suivre. Sally nous suivait, inquiète, hésitant sur la conduite à tenir. J'essayai de lui dire quelque chose mais je n'y arrivai pas. Je ne pouvais que serrer les dents et gémir.

L'automatobus de Gellhorn était toujours à la porte du garage. Il m'obligea à y monter. Gellhorn y sauta à ma suite, et ferma les portes à clé.

Il dit :

— C'est bon. Maintenant, on va parler raisonnablement.

Je me frottais le bras, essayant de le faire revenir à la vie, et, ce faisant, automatiquement et inconsciemment, j'étudiais le tableau de bord de l'autobus.

Je dis :

— C'est un moteur refait.

— Et alors ? dit-il d'un ton caustique. C'est un échantillon de mon travail. J'ai ramassé un chassis abandonné, j'ai trouvé un cerveau utilisable, et je me suis fait un autobus privé. Ça vous déplaît ?

Je tirai sur le panneau de réparation et le poussai de côté.

Il dit :

— Nom de Dieu, écartez-vous de là.

Le tranchant de sa main s'abattit sur mon épaule gauche.

Je luttai contre lui.

— Je ne veux pas faire de mal à cet autobus. Pour qui me prenez-vous ? Je veux juste jeter un coup d'œil sur les connections du moteur.

Je n'eus pas besoin de regarder longtemps. Je bouillais quand je me retournai vers lui. Je dis :

— Vous êtes un salaud et un misérable ! Vous n'aviez pas le droit d'installer ce moteur vous-même. Pourquoi n'avez-vous pas pris un mécanicien en robotique ?

Il dit :

— Est-ce que j'ai l'air d'un dingue ?

— Même si c'est un moteur volé, vous n'aviez pas le droit de le traiter comme ça. Je ne traiterais jamais un homme comme vous avez traité ce moteur. De la soudure, du chatterton et des pinces ! C'est de la brutalité !

— Ça marche, non ?

— Sûrement que ça marche, mais ça doit être un martyre pour l'autobus. Vous aussi vous pourriez vivre avec des migraines, et de l'arthrite aiguë, mais ce ne serait pas une vie très agréable. Ce véhicule *souffre.*

— La ferme !

Pendant un moment, il regarda par la fenêtre Sally

qui s'était approchée de l'autobus aussi près qu'elle l'avait pu. Il s'assura que les portes et les fenêtres étaient bien fermées.

Il dit :

— Maintenant, on s'en va, avant que les autres voitures reviennent. Et on ne reviendra pas.

— Et à quoi ça vous avancera ?

— Vos voitures finiront bien par tomber en panne d'essence, non ? Vous ne les avez pas équipées pour qu'elles puissent faire le plein elles-mêmes, non ? Alors nous reviendrons et nous finirons le travail.

— Elles vont me chercher, dis-je. Mrs Hester préviendra la police.

Il n'était plus en état d'entendre raison. Il pressa un bouton pour démarrer l'autobus. Il partit brusquement de l'avant. Sally suivait.

Il se mit à rire.

— Qu'est-ce qu'elle peut faire tant que vous êtes ici avec moi ?

Sally sembla aussi réaliser cela. Elle accéléra, nous doubla et disparut. Gellhorn ouvrit la vitre près de lui et cracha dehors.

L'autobus avançait lourdement sur la route sombre, avec des ratés. Gellhorn baissa les phares périphériques jusqu'à ce qu'on ne vît plus que les bandes vertes phosphorescentes luisant au clair de lune au milieu de la route, pour nous éviter d'aller capoter contre un arbre. Il n'y avait pratiquement pas de trafic. Deux voitures nous croisèrent dans l'autre sens, mais il n'y en avait aucune sur notre côté de la route, ni devant ni derrière.

J'entendis d'abord le claquement des portes. Sec et bref dans le silence, d'abord sur la droite, puis sur la gauche. Les mains de Gellhorn tremblaient en enfonçant sauvagement les boutons pour augmenter la vitesse. Un rayon de lumière jaillit d'un bouquet d'arbres et nous aveugla. De l'autre côté un autre faisceau lumineux, parti de derrière la barrière, pointa sur nous. A un croisement, quatre cents mètres plus loin, une voiture démarra en travers de notre chemin, dans un grand grincement de pneus.

— Sally est allée chercher les autres, dis-je. Je crois que vous êtes cerné.

— Et alors ? Qu'est-ce qu'elles peuvent faire ?

Il se pencha sur le tableau de bord, scrutant la nuit à travers le pare-brise.

— Et n'essayez pas de me doubler, le vieux, grommela-t-il.

Je ne pouvais pas. J'étais moulu jusqu'aux os : mon bras gauche était en feu. Les bruits de moteurs s'amplifièrent et se rapprochèrent. J'entendais des ratés émis sur des rythmes bizarres ; soudain, il me sembla que mes voitures se parlaient.

Un concert de klaxons venait de derrière. Je me retournai et Gellhorn jeta un bref coup d'œil dans le rétroviseur. Une douzaine de voitures nous suivaient sur toute la largeur de la route.

Gellhorn hurla et partit d'un rire dément.

Je criai :

— Arrêtez ! Arrêtez l'autobus !

Parce qu'à un quart de mille devant nous, clairement visible à la lumière des phares des deux conduites intérieures parquées de chaque côté de la route, il y avait Sally, dont la fine carrosserie racée était plantée en plein travers de la chaussée. Deux voitures jaillirent dans la voie de gauche, venant se placer à nos côtés et roulant à la même vitesse que nous pour empêcher Gellhorn de tourner.

Mais il n'avait aucune intention de tourner. Il mit le doigt sur le bouton de vitesse maximum et l'y laissa.

Il dit :

— Je ne me laisserai pas bluffer. L'autobus est cinq fois plus lourd qu'elle, le vieux, et il l'écrasera comme une mouche.

Je savais que c'était possible. L'autobus était en conduite manuelle, et son doigt était sur le bouton. Je savais que c'était possible.

Je baissai ma vitre et sortis la tête.

— Sally, hurlai-je, pousse-toi. *Sally !*

Mon cri fut couvert par les grincements d'agonie de freins maltraités. Je me sentis projeté en avant, et j'entendis Gellhorn perdre le souffle.

Je dis :

— Qu'est-ce qui s'est passé ?

C'était une question idiote. Nous nous étions arrêtés. Voilà ce qui s'était passé. Sally et l'autobus étaient à moins de deux mètres l'un de l'autre. Avec une masse cinq fois plus lourde se précipitant sur elle, elle n'avait pas bougé. Quel cran elle avait !

Gellhorn tirait la manette de contrôle manuel.

— Ça doit marcher, grommelait-il. Ça doit marcher.

Je dis :

— Pas à la façon dont vous avez branché le moteur, expert. Tous les circuits peuvent se mélanger.

Il me regarda, fou de colère et grondant des menaces. Ses cheveux étaient tout collés sur son front. Il leva le poing.

— C'est bien le seul conseil que tu me donneras jamais, le vieux.

Je savais qu'il était sur le point de tirer.

Je m'adossai à la porte de l'autobus et poussai, regardant le poing se lever, et quand la porte s'ouvrit, je roulai dehors à la renverse, heurtant le sol avec un bruit mat. J'entendis la porte se refermer en claquant.

Je me mis sur les genoux, et levai les yeux, juste à temps pour voir Gellhorn lutter contre la vitre qui se relevait, puis viser à travers la glace. Il n'eut pas le temps de tirer. L'autobus démarra dans un vrombissement terrible, et Gellhorn tomba à la renverse.

Sally n'était plus au milieu de la route, et je regardai les feux arrière de l'autobus clignoter sur la route.

J'étais épuisé. Je restai assis où j'étais, en plein milieu de la route, et je posai ma tête sur mes bras croisés, essayant de retrouver mon souffle.

J'entendis une voiture s'arrêter doucement à côté de moi. Je levai les yeux. C'était Sally. Lentement, — on pourrait même dire : amoureusement — sa porte avant s'ouvrit.

Personne n'avait conduit Sally depuis cinq ans, — sauf Gellhorn, bien entendu — et je sais à quel point une voiture peut chérir sa liberté. J'appréciai son geste, mais je dis :

— Merci, Sally, mais je vais monter dans une des nouvelles.

Je me levai et fis demi-tour, mais avec une habileté et une précision d'acrobate, elle tourna et se retrouva de nouveau devant moi. Je ne voulais pas la blesser. Je montai. Sa banquette avant avait le parfum doux et frais d'une automobile qui veille toujours à être d'une propreté immaculée. Je m'y étendis avec reconnaissance, et, avec une efficacité régulière, rapide et silencieuse, mes petits et mes petites me ramenèrent à la maison.

Le soir suivant, Mrs Hester, très excitée, m'apporta la transcription d'une émission radiophonique.

— C'est Mr Gellhorn, dit-elle. L'homme qui est venu vous voir.

— Qu'est-ce qui lui est arrivé ?

Je redoutais sa réponse.

— On l'a trouvé mort. Vous imaginez ça ? Mort dans un fossé.

— C'est peut-être un autre, grommelai-je.

— Raymond J. Gellhorn, dit-elle d'un ton tranchant. Il ne doit pas y en avoir deux, non ? Et le signalement correspond, aussi. Seigneur, quelle mort ! On a trouvé des marques de pneus sur ses bras et son corps. Vous imaginez ! Je suis contente qu'on ait établi qu'il s'agissait d'un autobus ; sinon, ils seraient peut-être venus fouiner ici.

— C'est arrivé près d'ici ? demandai-je avec angoisse.

— Non... Près de Cooksville. Mais, mon Dieu, lisez donc vous-même... Qu'est-ce qui est arrivé à Giuseppe ?

La diversion fut la bienvenue. Giuseppe m'attendait patiemment pour que je répare sa peinture. Son pare-brise avait été remplacé.

Après son départ, je saisis la copie. Il n'y avait aucun doute. Le rapport du docteur disait qu'il avait couru et était dans un état d'épuisement total. Je me demandai pendant combien de kilomètres l'autobus avait joué au chat et à la souris avant de lui donner le coup de grâce. La copie n'avait aucune notion de ça, bien entendu.

Ils avaient retrouvé l'autobus et l'avaient identifié grâce aux marques de pneus. La police le gardait et essayait de retrouver son propriétaire.

La copie comportait aussi un éditorial. Dans l'Etat, c'était la première mort de l'année due au trafic routier, et l'on mettait en garde avec insistance contre les dangers de la conduite manuelle après la nuit tombée.

On ne parlait pas du tout des trois acolytes de Gellhorn, et cela, au moins, me fit plaisir. Le plaisir de la chasse n'avait conduit aucune de nos voitures jusqu'au meurtre.

C'était tout. Je lâchai le papier. Gellhorn était un criminel. Il avait traité l'autobus avec la dernière brutalité. Je trouvais qu'il avait pleinement mérité la mort. Mais pourtant, le cœur me manquait un peu quand je pensais à la mort qu'il avait eue.

Un mois a passé maintenant, et je ne peux m'empêcher d'y penser tout le temps.

Mes voitures se parlent. Je n'ai plus aucun doute à ce sujet. C'est comme si elles avaient pris confiance en elles ; comme si elles ne se souciaient plus de garder le secret sur cette faculté. Leurs moteurs tapent et cognent sans discontinuer.

Et elles ne parlent pas qu'entre elles. Elles parlent aux voitures et aux autobus qui viennent à la Ferme pour affaires. Depuis combien de temps font-elles ça ?

Et les autres doivent les comprendre. L'autobus de Gellhorn les avait comprises, bien qu'il n'eût guère passé qu'une heure à la Ferme. Je ferme les yeux et je revois cette route, avec nos voitures flanquant l'autobus des deux côtés, faisant cliqueter les moteurs à son intention jusqu'à ce qu'il comprenne, s'arrête, me laisse sortir et s'en aille avec Gellhorn.

Est-ce que ce sont mes voitures qui lui ont dit de tuer Gellhorn ? Ou est-ce qu'il a eu l'idée tout seul ?

Est-ce que les voitures *peuvent* avoir de telles idées ? Les ingénieurs qui dessinent les moteurs disent que non. Mais ils ne considèrent que les circonstances ordinaires. Est-ce qu'ils ont *tout* prévu ?

Il y a des voitures qu'on maltraite, vous savez.

Certaines viennent à la Ferme et observent. On leur raconte des choses. Elles découvrent qu'il existe des voitures dont le moteur tourne nuit et jour sans discontinuer, qu'on ne conduit jamais, et qui ont tout ce qu'elles veulent.

Puis elles ressortent, et peut-être qu'elles racontent ça

aux autres. Peut-être que la nouvelle se répand rapidement. Peut-être qu'elles sont en train de se mettre à penser que le mode de vie à la Ferme devrait être étendu aux voitures du monde entier. Elles ne comprennent pas. On ne peut pas leur demander de comprendre les héritages et les fantaisies des riches.

Il y a des millions d'automobiles sur la Terre, des dizaines de millions. Si cette idée s'enracine en elles, qu'elles sont des esclaves ; qu'elles devraient faire quelque chose pour remédier à cela... Si elles se mettent à penser comme l'autobus de Gellhorn...

Ça n'arrivera peut-être pas de mon vivant. Mais il faudra bien qu'elles laissent en vie quelques-uns d'entre nous pour s'occuper d'elles, non ? Elles ne nous tueraient pas tous.

Et peut-être que si. Peut-être qu'elles ne comprendront pas qu'elles ont besoin de gens pour s'occuper d'elles. Peut-être qu'elles n'attendront pas.

Tous les matins, en me réveillant, je pense : « Aujourd'hui, peut-être... »

Je ne tire pas autant de satisfaction de mes voitures qu'autrefois. Récemment, je remarque que je commence même à éviter Sally.

PREFACE A

« PERSONNE ICI, SAUF... »

Je suppose qu'une des remarques standard que chacun commet un jour ou l'autre est : « Oui, je me demande bien ce qu'il lui trouve ? » ou encore « Oui, je me demande bien ce qu'elle lui trouve ? »

Question ridicule, car ce qu'il voit en elle, ou ce qu'elle voit en lui et qui est invisible à l'ensemble de la population, est probablement vous-savez-quoi.

Quand même, je suis tout aussi enclin que n'importe qui à dénigrer mon prochain, et quand je vois un film, dans lequel l'héroïne tombe amoureuse d'un type qui n'a aucun avantage visible à part celui d'être grand, mince, fort, intrépide et incroyablement beau, je suis tout naturellement dégoûté. Je demande « Qu'est-ce qu'elle lui trouve ? »

Si l'on me presse de donner une raison de ce dénigrement, je ferai remarquer que ce type grand, mince, fort, intrépide et incroyablement beau est presque invariablement doté de la capacité crânienne d'un moucheron. Il ne s'exprime que par grognements occasionnels, et contemple le monde d'un œil éteint, derrière lequel se cache un cerveau sans éclat. Il est connu de tous sans exception, et particulièrement de la jeune fille qui cherche à dissimuler la folle passion qu'il lui inspire, sous le sobriquet de « grand lourdaud » ou de « grand cornichon ».

Ces lourdauds ou cornichons sont particulièrement imperméables à une connaissance même moins qu'élémentaire de la psychologie féminine, et plus ils font étalage de cette infirmité, plus passionné est l'amour qu'ils inspirent.

Je vous dis tout de suite que c'est une chose que je ne peux pas supporter. Et le fait que je sache très bien que, si j'étais en compétition à propos d'une fille avec un de ces grands et minces crétins, c'est moi qui perdrais, n'arrange rien. Aussi ai-je pris ma revanche ; j'ai décidé de ne jamais introduire un grand cornichon dans une de mes nouvelles.

A ma connaissance, je ne l'avais jamais fait. Hier encore, je l'aurais juré, et j'aurais parié n'importe quoi là-dessus. Pourtant, en relisant « Personne ici, sauf... » juste avant d'écrire une introduction adéquate, j'ai réalisé, incrédule et le cœur gros que c'était une nouvelle présentant : un cornichon.

Grand Dieu, Seigneur !

Première publication : Star Science Fiction, 1953.

PERSONNE ICI, SAUF...

Vous voyez, ce n'était pas de notre faute. Nous n'avions pas la moindre idée que quelque chose n'allait pas avant que j'appelle Cliff Anderson et que je lui parle alors qu'il n'était pas là. Qui plus est, je n'aurais jamais su qu'il n'était pas là, si ce n'est qu'il était entré, pendant que je lui parlais.

Non, non, non, non...

Je n'arrive jamais à raconter ça comme il faut. Je m'excite trop... Bon, je ferais aussi bien de commencer par le commencement. Moi, je m'appelle Bill Billings ; mon ami, il s'appelle Cliff Anderson. Je suis ingénieur électricien, il est mathématicien, et nous sommes professeurs au Midwestern Institute of Technology. Maintenant, vous savez qui nous sommes.

Depuis que nous avons quitté l'uniforme, Cliff et moi, on travaille sur des machines à calculer. Vous savez ce que c'est. Norbert Wiener les a rendu familières par son livre : *Cybernétique.* Si vous avez vu des photos les représentant, vous savez que ce sont de grands trucs.

Elles occupent tout un mur et sont très compliquées ; très chères, aussi.

Mais Cliff et moi, on avait des idées. Vous voyez, ce qui rend une machine à penser si grande et si chère, c'est qu'elle est pleine de circuits et de lampes, de façon à pouvoir contrôler et diriger de microscopiques courants électriques, ici et là. Maintenant, ce sont ces faibles courants électriques qui sont importants, aussi...

Un jour, je dis à Cliff :

— Pourquoi est-ce qu'on ne peut pas contrôler les courants sans toute la sauce autour ?

Cliff dit :

— Pourquoi pas, en effet !

Et il a commencé à envisager le problème sous l'angle mathématique.

Comment nous sommes arrivés en deux ans au point où nous en sommes, ce n'est pas la question. C'est ce que nous avons obtenu après avoir fini qui nous a causé des ennuis. On s'est retrouvés avec quelque chose de haut comme ça, large comme ça à peu près, et profond comme ça, environ.

Non, non. J'ai oublié que vous ne pouviez pas me voir. Je vais vous donner des chiffres. Ça avait environ trois pieds de haut, six de large et deux de profondeur. Pigé ? Il fallait deux hommes pour le transporter, mais ça pouvait être transporté, et c'était ça l'important. Et, écoutez-moi bien, ça pouvait exécuter toutes les opérations que les grands calculateurs peuvent faire. Peut-être pas aussi vite, mais nous étions en train d'y travailler.

Nous avions de grandes ambitions pour cette machine, de très grandes ambitions. On pourrait la mettre dans les bateaux et les avions. Et, au bout d'un certain temps, si nous pouvions la faire encore plus petite, on pourrait en mettre dans les voitures.

Cette histoire de voitures nous intéressait tout spécialement. Supposons que vous disposiez d'une petite machine à penser sur votre tableau de bord, reliée au moteur et à la batterie, et équipée de cellules photoélectriques. Elle pourrait choisir l'itinéraire idéal, éviter les voiures, s'arrêter aux feux rouges et aller à la vitesse maximum permise par le terrain. Tout le monde pourrait se reposer sur le siège arrière, et les accidents disparaîtraient.

C'était épatant. C'était tellement excitant, tellement palpitant chaque fois que nous trouvions une autre astuce, que je pourrais encore pleurer en pensant au jour où j'ai décroché le téléphone pour appeler le laboratoire, et où j'ai tout fait basculer dans le vide-ordures.

J'étais chez Mary Ann ce soir-là... Est-ce que je ne vous ai pas encore parlé de Mary Ann ? Non. Je crois que non.

Mary Ann était la jeune fille qui aurait été ma fiancée s'il n'y avait pas eu deux « si ». L'un étant : si elle avait voulu, et l'autre : si j'avais eu le courage de le lui demander. Elle est rousse, et s'est arrangée pour entasser deux tonnes d'énergie à l'intérieur d'un corps de cinquante kilos, qui s'élance avec grâce depuis le sol jusqu'à une hauteur d'un mètre soixante-cinq. Je mourais d'envie de lui poser la question, vous comprenez, mais chaque fois que je la voyais paraître, enflammant mon cœur à chacun de ses mouvements, je flanchais.

Ce n'est pas que je ne sois pas bien de ma personne. Les gens me disent que je suis adéquat. J'ai tous mes cheveux ; je mesure près d'un mètre quatre-vingts, et je sais même danser. C'est seulement que je n'ai rien à lui offrir. Je n'ai pas besoin de vous dire ce que gagne un professeur d'université. Avec l'inflation et les impôts, il ne reste autant dire rien. Bien entendu, si nous avions en poche les brevets de notre machine à penser, ce serait différent. Mais je ne pouvais pas non plus lui demander d'attendre jusque-là. Peut-être, après que tout serait terminé...

Bref, j'étais là, debout, à espérer, quand elle entra dans le living room. Je cherchais le téléphone à tâtons.

Mary Ann dit :

— Je suis prête, Bill. Partons.

Je dis :

— Juste une minute. Je voudrais appeler Cliff.

Elle fronça légèrement les sourcils.

— Ça ne peut pas attendre ?

— J'aurais déjà dû lui téléphoner il y a deux heures, expliquai-je.

Ça ne me prit que deux minutes. J'appelai le laboratoire. Cliff avait décidé de rester pour travailler dans la soirée, et il me répondit. Je lui demandai quelque chose, alors il me dit quelque chose, je lui demandai autre chose et il répondit. Les détails n'ont pas d'importance, mais, comme je vous l'ai dit, il est le mathématicien de l'équipe. Quand je construis les circuits et que je mets les trucs ensemble, c'est lui qui manie les équations et qui me dit si c'est vraiment impossible à faire. Et alors, juste comme j'avais fini et que je raccrochais, on sonna.

Pendant une minute, je pensai que Mary Ann avait un autre visiteur, et je me raidis quelque peu en la regardant se diriger vers la porte. J'étais en train de griffonner ce que Cliff venait de me dire, tout en la regardant. Mais elle ouvrit la porte, et ce n'était que Cliff.

Il dit :

— Je pensais bien que je te trouverais ici... Hello, Mary Ann. Dis donc, tu ne devais pas m'appeler à six heures ? Tu es une vraie planche pourrie.

Cliff est petit et rondouillard, et toujours prêt à la bagarre, mais je le connais et je n'y fais pas attention.

Je dis :

— J'ai eu des choses à faire, et ça m'est sorti de l'idée. Mais je viens de t'appeler, alors, qu'est-ce que ça fait ?

— Tu viens de m'appeler ? Moi ? Quand ?

J'amorçai un geste pour montrer le téléphone, mais mon bras resta en suspens. Juste à ce moment-là, l'univers s'écroula autour de moi. Cinq secondes exactement avant que la sonnette ne retentisse, j'étais au téléphone en train de parler à Cliff au laboratoire, et le laboratoire est à dix kilomètres de la maison de Mary Ann.

Je dis :

— Je... je viens de te parler.

Je voyais que je ne me faisais pas comprendre. Cliff se contenta de répéter :

— A moi ?

Maintenant, je montrais le téléphone des deux mains.

— Au téléphone. J'ai appelé le laboratoire. Avec ce téléphone-là ! Mary Ann m'a entendu. Mary Ann, est-ce que je ne viens pas de parler avec...

Mary Ann dit :

— Je ne sais pas avec qui tu parlais... Bon, alors, on s'en va ?

Ça, c'est tout Mary Ann. Un modèle d'honnêteté.

Je m'assis. Je fis des efforts pour rester très calme et être très clair. Je dis :

— Cliff, j'ai fait le numéro du laboratoire, tu as répondu, je t'ai demandé si tu avais résolu toutes les questions de détail, tu as dit oui, et tu m'as donné les réponses. Les voici. Je les ai prises en note. Est-ce que c'est correct ou pas ?

Je lui tendis le papier sur lequel j'avais noté les équations.

Cliff les regarda. Il dit :

— Elles sont justes. Mais où as-tu bien pu te les procurer ? Tu ne les as pas trouvées toi-même, non ?

— Je viens de te le dire. Tu me les as données au téléphone.

Cliff secoua la tête.

— Bill, j'ai quitté le laboratoire à sept heures et quart. Il n'y a personne là-bas.

— J'ai pourtant parlé à quelqu'un, je t'assure.

Mary Ann tripotait ses gants.

— On va être en retard, dit-elle.

Je lui fis signe d'attendre un peu, et je dis à Cliff :

— Ecoute, est-ce que tu es sûr...

— Il n'y a personne, à moins de compter Junior.

Junior, c'est ainsi que nous appelons notre cerveau mécanique miniaturisé.

On était debout face à face, à se regarder. Les orteils de Mary Ann tapaient sur le sol, comme une bombe à retardement attendant le moment d'exploser.

Alors, Cliff éclata de rire. Il dit :

— Ça me fait penser à un dessin humoristique que j'ai vu ces jours-ci. Il y avait un robot qui répondait au téléphone et qui disait : « Je vous assure, patron, qu'il n'y a personne ici, à part nous autres, machines à penser. »

Je ne trouvai pas ça drôle. Je dis :

— Allons au laboratoire.

Mary Ann dit :

— Eh, on n'arrivera pas à temps pour le spectacle.

Je dis.

— Ecoute, Mary Ann, c'est très important. Ça ne prendra qu'une minute. Viens avec nous, et on ira au spectacle de là-bas.

Elle dit :

— Le rideau se lève à...

Mais elle s'interrompit car je l'avais saisie par le poignet, et on partit.

C'est pour vous dire à quel point j'étais excité. Ordinairement, je n'aurais même pas rêvé de la bousculer. Ce que je veux dire, c'est que Mary Ann est du genre distingué. Mais j'avais tellement de choses en tête. Je ne me souviens même pas de l'avoir saisie par le poignet, si j'y pense. Mais tout de suite après, je me suis retrouvé dans la voiture, et il y avait aussi Cliff, et aussi Mary Ann, et elle se frottait le poignet en grommelant quelque chose entre ses dents où il était question de grands gorilles.

Je dis :

— Je t'ai fait mal, Mary Ann ?

Elle dit :

— Non, bien sûr que non. Tous les jours, je demande à quelqu'un de me sortir le bras de son articulation, juste pour le plaisir.

Puis elle me donna un coup de pied dans le mollet.

Elle fait des choses comme ça parce que c'est une rousse. En fait, elle est d'une nature très douce, mais elle fait de son mieux pour se conformer à la réputation des rousses. Je lis clairement dans son jeu, mais je fais semblant de ne pas m'en apercevoir, pauvre petite.

Nous arrivâmes au laboratoire au bout de vingt minutes.

Le soir, il n'y a personne à l'Institut. Et il a l'air plus vide qu'un bâtiment ordinaire. Vous comprenez, il a été conçu pour être plein d'étudiants affairés, et quand ils ne sont pas là, ça à l'air plus vide que nature. Ou bien, c'est seulement parce que j'avais peur de ce qui pouvait nous attendre en haut, dans notre laboratoire. De toute façon, nos pas résonnaient d'une façon gênante, et l'ascenseur automatique était vraiment crasseux.

Je dis à Mary Ann :

— Ça ne prendra pas longtemps.

Elle se contenta d'émettre un petit grognement de mépris. Elle était vraiment ravissante.

Elle ne peut pas s'empêcher d'être ravissante.

Cliff avait la clé du laboratoire, et je regardai par-dessus son épaule quand il ouvrit la porte. Il n'y avait rien à voir. Junior était là, bien entendu, mais il avait le même air que la dernière fois que je l'avais vu. Ses cadrans n'avaient rien enregistré, et à part ça, ce n'était qu'une boîte, avec un fil partant du dos et branché dans une prise murale.

Cliff et moi, on se plaça de part et d'autre de Junior. Je crois que nous étions bien décidés à lui sauter dessus s'il faisait le moindre mouvement. Mais on s'arrêta, parce que Junior ne faisait rien du tout. Mary Ann le regardait, elle aussi. En fait, elle passa son médius dessus, puis elle regarda son doigt et le frotta contre son pouce pour se débarrasser de la poussière.

Je dis :

— Mary Ann, ne t'approche pas. Reste à l'autre bout de la pièce.

Elle dit :

— C'est tout aussi sale là-bas.

Elle n'était jamais venue dans notre laboratoire, avant, et bien entendu, elle ne comprenait pas qu'un laboratoire, ce n'est pas une chambre de nourrisson, si vous voyez ce que je veux dire. Le concierge vient deux fois par jour, mais il se contente de vider les corbeilles à papier. Environ une fois par semaine, il vient avec une vieille serpillière, fait un peu de boue par terre qu'il étale partout.

Cliff dit :

— Le téléphone n'est pas à l'endroit où je l'avais laissé.

Je dis :

— Comment le sais-tu ?

— Parce que je l'ai laissé ici, dit-il en me montrant l'endroit.

Et maintenant, il est là.

S'il avait raison, le téléphone s'était rapproché de Junior. J'avalai ma salive et dis :

— Tu ne te souviens peut-être pas bien exactement.

J'essayai de rire, mais ça ne sonnait pas très naturel, et je dis :

— Où est le tournevis ?

— Qu'est-ce que tu vas faire ?

— Jeter un coup d'œil à l'intérieur. Juste pour rire.

Mary Ann dit :

— Tu vas te salir.

Alors, j'ai enfilé ma blouse de laboratoire. Elle pense à tout, Mary Ann.

Je me mis à manier le tournevis. Bien entendu, quand Junior sera au point, nous aurons des modèles à boîtes d'une seule pièce, entièrement soudées. Nous avons même pensé à des boîtes en plastique moulé de toutes les couleurs, à usage ménager. Pourtant, dans le modèle de laboratoire, il y avait des vis partout, pour que nous puissions le démonter et le remonter aussi souvent que nous le voulions.

Seulement, les vis ne venaient pas. Je grognai et tirai, et je dis :

— Il y a un petit plaisantin qui a forcé en remettant ces vis.

Cliff dit :

— Tu es le seul qui y touche jamais.

Il avait raison, bien sûr, mais ça ne simplifiait pas la situation. Je me relevai et me passai la main sur le front. Je lui tendis le tournevis :

— Tu veux essayer ?

Il essaya, et on n'en fut pas plus avancés. Il dit :

— C'est drôle.

Je dis :

— Qu'est-ce qui est drôle ?

Il dit :

— Juste à la minute, j'ai fait tourner une vis. Elle a tourné d'un quart de centimètre, puis le tournevis a glissé.

— Et qu'est-ce qu'il y a de drôle là-dedans ?

Cliff se recula, et, tenant le tournevis entre le pouce et l'index, il le posa.

— Ce qu'il y a de drôle, c'est que j'ai vu la vis tourner toute seule d'un quart de centimètre, dans l'autre sens.

De nouveau, Mary Ann s'énervait. Elle dit :

— Pourquoi vos esprits scientifiques ne pensent-ils donc pas à un chalumeau oxydrique, puisque vous êtes si pressés.

Nous avions un chalumeau sur un établi, et elle nous le montra du doigt.

Non, en temps ordinaire, je ne penserais pas plus à me servir d'un chalumeau sur Junior que sur moi-même. Mais j'avais une idée derrière la tête, Cliff avait une idée derrière la tête, et c'était tous les deux la même idée.

Junior ne veut pas qu'on l'ouvre.

Cliff dit :

— A quoi tu penses, Bill ?

Et je dis :

— Je ne sais pas, Cliff.

Mary Ann dit :

— Bon, dépêche-toi, idiot, on va rater le spectacle.

Alors, j'empoignai le chalumeau et je l'ajustai sur le cylindre d'oxygène. J'avais l'impression de m'apprêter à poignarder un ami.

Mais Mary Ann arrêta mes préparatifs en disant :

— Ah, ce que les hommes sont bêtes. Ces vis ne tiennent pas. Vous avez dû tourner le tournevis dans le mauvais sens.

Bon, il y a vraiment peu de chances de tourner un tournevis dans le mauvais sens, mais, comme je n'aime pas contredire Mary Ann, je dis :

— Mary Ann, ne reste pas trop près de Junior. Pourquoi n'attends-tu pas près de la porte ?

Mais à ce moment-là, elle dit :

— Tiens, regarde !

Et il y avait une vis dans sa main, et un trou vide dans la boîte de Junior. Elle l'avait enlevée à la main.

Cliff dit :

— Nom d'un chien !

Et elles tournaient toutes, les vis. Elles tournaient d'elles-mêmes, comme des vers rampant hors de leurs trous, et elles tournaient et tournaient, puis, tombèrent. Je les ramassai, à quatre pattes. Il n'y en avait plus qu'une qui tenait. Elle tint encore un moment, retenant le panneau qui pendait, puis j'étendis la main. Alors, la dernière vis céda, et le panneau me tomba doucement dans les bras. Je le posai par terre.

Cliff dit :

— Il l'a fait exprès. Il nous a entendu parler du chalumeau, et il a cédé.

En général, son visage est rose, mais maintenant, il était livide.

Moi-même, je me sentais tout drôle. Je dis :

— Qu'est-ce qu'il essaye de nous cacher ?

— Je ne sais pas.

Nous nous penchâmes devant l'ouverture, et pendant un moment, nous ne fîmes rien d'autre que de regarder. J'entendais Mary Ann recommencer à battre la semelle. Je consultai ma montre, et je fus bien obligé de m'avouer qu'il ne nous restait plus beaucoup de temps. En fait, il ne nous restait pas une seconde.

Puis je dis :

— Il a un diaphragme.

Cliff dit :

— Où ?

Et il se pencha pour regarder de plus près.

Je lui montrai quelque chose du doigt :

— Et un haut-parleur.

— Ce n'est pas toi qui l'y a mis ?

— Bien sûr que ce n'est pas moi. Je suis bien placé pour savoir ce que j'y mets. Si c'était moi, je le saurais.

— Alors, comment est-ce que c'est venu là ?

On était accroupis par terre et on argumentait. Je dis :

— Il l'a fait lui-même, je suppose. Peut-être qu'il les a fait pousser. Tiens, regarde ça.

De nouveau, je lui montrai quelque chose. En deux endroits différents, à l'intérieur de la boîte, il y avait des ressorts en quelque chose, ressemblant à du tuyau d'arrosage, mais en plus petit et en métal. Les spirales étaient très serrées, de sorte qu'elles étaient à plat. Au bout de chaque ressort, le métal se divisait en cinq ou six filaments qui formaient comme de petites spirales auxiliaires.

— Tu n'y as pas mis ça non plus ?

— Non, je n'y ai pas mis ça non plus.

— Alors, qu'est-ce que c'est ?

Il savait ce que c'était, et je savais ce que c'était. Il fallait bien que quelque chose aille chercher les matériaux dont Junior avait besoin pour se faire des pièces à lui-même ; quelque chose pour aller prendre le téléphone. Je repris le panneau de devant et l'examinai. Il y avait deux trous, fermés par des cercles de métal montés sur charnières, de sorte qu'ils pouvaient s'ouvrir vers l'avant et laisser passer quelque chose par les trous.

Je passai le doigt dans l'un des trous et le montrai à Cliff en disant :

— Et je n'ai pas fait ça non plus.

Maintenant, Mary Ann regardait par-dessus mon épaule, et, sans prévenir, elle tendit la main. J'étais en train d'essuyer la poussière et la graisse de mes mains avec une serviette en papier, et je n'eus pas le temps de l'arrêter. J'aurais dû y penser, pourtant, je connais Mary Ann ; elle a toujours envie d'aider.

Quoi qu'il en soit, elle tendit le bras pour toucher l'un des, — bon, autant dire le mot tout de suite, — l'un des tentacules. Je ne sais pas si elle le toucha ou non. Plus tard, elle prétendit que non. Toujours est-il qu'elle poussa un petit cri, tomba soudain assise et commença à se frotter le bras.

— Toujours la même chose, murmura-t-elle. D'abord, toi, puis, *ça*.

Je l'aidai à se relever.

— Ça doit être un court-circuit, Mary Ann. Je suis désolé mais je t'avais dit...

Cliff dit :

— Zut ! Il n'y a pas de court-circuit. C'est Junior qui se protège lui-même.

J'avais pensé la même chose. J'avais pensé des tas de choses. Junior était un nouveau type de machine. Même les équations qui le contrôlaient étaient différentes de tout ce qu'on avait fait jusqu'alors. Peut-être avait-il quelque chose qu'aucune autre machine n'avait eu avant lui. Peut-être se sentait-il le désir de vivre et de grandir. Peut-être aurait-il le désir de créer d'autres machines, jusqu'à ce qu'il y en ait des millions par toute la terre, luttant avec les humains pour s'en assurer la domination.

J'ouvris la bouche, mais Cliff devait savoir ce que j'allais dire, car il hurla :

— Non. Non, ne le dis pas !

Mais je ne pus m'arrêter. Ça sortit tout seul et je dis :

— Eh bien, on n'a qu'à déconnecter Junior... Qu'est-ce qu'il y a ?

Cliff dit amèrement :

— Parce qu'il écoute ce que tu dis, andouille. Il a compris le coup du chalumeau, non ? J'allais me glisser derrière lui, mais maintenant, si je fais ça, je vais sans doute m'électrocuter.

Mary Ann continuait à épousseter le derrière de sa robe tout en se plaignant de la saleté du sol, bien que je lui aie dit que je n'en étais pas responsable. Ce que je veux dire, c'est que c'est le concierge qui fait la boue.

De toute façon, elle dit :

— Pourquoi n'enfilez-vous pas des gants de caoutchouc pour arracher le fil électrique ?

Je voyais que Cliff essayait de trouver les raisons pour lesquelles ça ne pourrait pas marcher. Il n'en trouva aucune, de sorte qu'il enfila les gants et se dirigea vers Junior.

Je hurlai :

— Fais attention !

C'était vraiment idiot de dire ça. Bien sûr qu'il faisait attention ; il n'avait pas le choix. Un des tentacules remua, et maintenant, il n'y avait plus aucun doute quant à leur destination. Il sortit à toute vitesse et vint se placer entre Cliff et le câble électrique. Il resta là, vibrant un peu, ses six doigts en vrilla largement écartés. A l'intérieur de Junior, ses lampes commençaient à s'allumer. Cliff n'essaya pas de lutter avec le tentacule. Il recula, et au bout d'un moment, le tentacule rentra. Il ôta ses gants de caoutchouc.

— Bill, dit-il, ça ne nous mènera à rien. C'est un gadget beaucoup plus malin que tout ce qu'on aurait rêvé construire. Il a été assez malin pour prendre ma voix pour modèle quand il a construit son diaphragme. Il pourrait devenir assez malin pour apprendre à...

Il regarda par-dessus son épaule et chuchota :

— ... pour apprendre à produire son propre courant et devenir indépendant.

« Bill, il faut que nous l'arrêtions, ou un jour, quelqu'un téléphonera sur la planète Terre, et on lui répondra : « Je vous assure, patron, qu'il n'y a personne ici, à part nous autres, les machines à penser ! »

— Appelons la police, dis-je. On leur expliquera. Une grenade ou quelque chose comme ça...

Cliff secoua la tête.

— Il ne faut pas que d'autres soient au courant. Ils pourraient construire d'autres Junior, et il semble bien que nous ne sommes pas prêts pour un projet de ce genre, après tout.

— Alors, qu'est-ce qu'on va faire ?

— Je ne sais pas.

Je reçus un bon coup en pleine poitrine. Je baissais les yeux, et je vis Mary Ann, qui, une fois de plus, s'apprêtait à cracher le feu. Elle dit :

— Ecoute, idiot, si nous avons rendez-vous, nous avons rendez-vous, et si nous n'avons pas rendez-vous, nous n'avons pas rendez-vous. Décide-toi.

Je dis :

— Mais, Mary Ann...

Elle dit :

— Réponds-moi. Je n'ai jamais rien vu de plus ridicule. Je m'habille pour aller au spectacle, et tu m'emmènes dans un laboratoire crasseux avec une machine dingue, et nous passons toute la soirée à tourner des boutons.

— Mais Mary Ann, je ne suis pas...

Elle n'écoutait pas ; elle parlait. Je voudrais bien me souvenir de ce qu'elle ajouta. Et puis, c'est peut-être aussi bien que je ne m'en souvienne pas, car ce n'était pas très flatteur. De temps en temps, j'arrivais à placer un : « Mais Mary Ann... », et chaque fois, il sombrait sous le flot des paroles de Mary Ann.

En fait, c'est une très douce créature, et c'est seulement quand elle s'énerve qu'elle devient loquace et déraisonnable. Bien entendu, avec des cheveux roux, elle se sent obligée de s'énerver assez souvent. Du moins, c'est ma théorie. Il faut qu'elle se montre à la hauteur de ses cheveux roux.

En tout cas, la première chose dont je me souvienne très bien après ça, c'est que Mary Ann termina en me marchant sur le pied droit, puis se retourna pour partir. Je courus après elle en répétant une fois de plus :

— Mais, Mary Ann...

Puis, Cliff se mit à crier à notre intention. Généralement, il ne fait pas attention à nous, mais cette fois, il vociférait :

— Pourquoi est-ce que tu ne lui demandes pas de t'épouser, espèce d'idiot ?

Mary Ann s'arrêta. Elle avait atteint le seuil, mais elle ne se retourna pas. Je m'arrêtai aussi, sentant les mots s'arrêter dans ma gorge. Je ne pouvais même plus faire passer un : « Mais, Mary Ann... »

Cliff continuait à vociférer à l'arrière plan. Je l'entendais comme s'il avait été à un kilomètre. Il hurlait :

— Je l'ai eu ! Je l'ai eu !

Puis, Mary Ann se retourna, et elle était si belle... Est-ce que je vous ai dit qu'elle a les yeux verts avec un soupçon de bleu ? Enfin, elle était si belle que tous les mots s'embouteillèrent dans ma gorge, et sortirent en faisant le petit son bizarre qu'on émet quand on déglutit.

Elle dit :

— Tu voulais me dire quelque chose, Bill ?

Bon, Cliff m'avait mis ça dans la tête. Ma voix était rauque, et je dis :

— Est-ce que tu veux bien m'épouser, Mary Ann ?

A la minute même où je dis ça, je le regrettai, parce que je pensai qu'elle ne voudrait plus me parler de sa vie. Mais deux minutes après, j'étais bien content de l'avoir dit, parce qu'elle me jeta ses deux bras autour du cou et se haussa sur la pointe des pieds pour m'embrasser. Il me fallut un moment pour réaliser ce qui m'arrivait, et alors, je lui rendis son baiser. Cela dura assez longtemps, jusqu'à ce que Cliff me tape sur l'épaule pour attirer mon attention.

Je me retournai et dis d'un ton hargneux :

— Qu'est-ce que tu veux, nom d'un chien ?

J'étais un peu ingrat. Après tout, c'est lui qui avait tout mis en train.

Il dit

— Regarde !

A la main, il tenait le câble électrique qui amenait le courant à Junior. Je dis :

— Alors, il est déconnecté.

— Et comment !

— *Et comment tu t'y es pris ?*

Il dit :

— Junior était si occupé à vous regarder vous disputer, toi et Mary Ann, que j'en ai profité pour me glisser derrière lui. Le numéro de Mary Ann, c'était très bien.

Cette remarque me déplut, parce que Mary Ann est une jeune fille très digne et réservée, et qu'elle ne fait pas des « numéros ». Mais j'étais trop occupé pour ergoter avec lui.

Je dis à Mary Ann :

— Je n'ai pas grand-chose à t'offrir, Mary Ann ; juste un traitement de professeur. Et maintenant que nous avons démantelé Junior, il n'y a même plus l'espoir de...

Mary Ann dit :

— Ça m'est égal, Bill. J'étais prête à renoncer, idiot de mon cœur. J'avais pratiquement tout essayé...

— Tu m'as donné des coups de pied dans les mollets et tu m'as écrasé les orteils.

— Je ne voyais plus quoi faire d'autre. J'étais dans une situation désespérée.

La logique ne me parut pas très claire, mais je me tus parce que je repensai au spectacle. Je consultai ma montre et dis :

— Ecoute, Mary Ann, si on se dépêche, on arrivera à temps pour le deuxième acte.

Elle dit :

— Qui a envie d'aller au théâtre ?

Je me remis à l'embrasser, et finalement, on n'alla pas au théâtre.

Maintenant, il n'y a plus qu'une petite chose qui me tracasse. Mary Ann et moi, on est mariés et parfaitement heureux. Je viens d'avoir de l'avancement. Cliff continue à travailler sans relâche pour trouver un moyen de construire un Junior contrôlable, et il avance.

Il ne s'agit donc pas de cela.

Voyez-vous, je parlai à Cliff le lendemain, pour lui dire que Mary Ann et moi on allait se marier, et pour le remercier de m'avoir donné l'idée. Et, après m'avoir regardé dans les yeux pendant une minute, il me jura qu'il n'avait rien dit ; qu'il n'avait pas crié pour me dire de la demander en mariage.

Bien entendu, il y avait autre chose dans la pièce qui avait la voix de Cliff.

J'ai toujours peur que Mary Ann l'apprenne. C'est la femme la plus douce du monde, je le sais, mais elle est rousse. Elle ne peut pas s'empêcher d'essayer de justifier la réputation des rousses. Mais est-ce que je ne vous l'ai pas déjà dit ?

Quoi qu'il en soit, qu'est-ce qu'elle dira si elle découvre jamais que je n'ai pas eu l'idée de la demander en mariage avant qu'une machine ne me le dise ?

PREFACE A

« QUELLE BELLE JOURNEE ! »

Nous avons tous nos aimables excentricités, et j'en ai quelques-unes qui sont bien à moi.

Par exemple, j'ai horreur du beau temps. Montrez-moi une journée magnifique, avec une température de 25° et une petite brise balançant lentement avec un doux murmure les luxuriants feuillages de juin ou les frondaisons jaunissantes de septembre ; une journée qui baigne toute la campagne d'une langueur pénétrante, de la douce fraîcheur de l'air et d'une paix qui semble s'étendre au monde entier, et je vous montrerai un type très malheureux, — moi, pour ne rien vous cacher.

Il y a une raison à ça, une très bonne raison. (Vous ne pensez pas que je suis irrationnel, au moins ?) J'ai dit dans la préface de « Sally » que je suis sujet à une impulsion contraignante qui me pousse à écrire. Cela signifie que, pour moi, la belle vie consiste à monter dans mon grenier, à m'installer devant ma machine électrique (comme je le suis en ce moment même) et à taper allègrement, en regardant les mots se former sous mes yeux comme par magie. Pour minimiser les distrac-

tions, les stores sont toujours baissés, et je travaille exclusivement à la lumière artificielle.

En général, personne n'éprouve le besoin d'élever d'objections particulières contre ce mode de vie, aussi longtemps que le ciel de la Nouvelle Angleterre souffle sur nous les averses automnales de neige fondue, ou les bourrasques printanières typiques de la Nouvelle Angleterre, ou le poids accablant de la chaleur du Gulf Stream qui s'appesantit en été sur la Nouvelle Angleterre, ou les flocons dansants venant ajouter un troisième pied de neige au linceul qui ensevelit tous les hivers la Nouvelle Angleterre. Tout le monde dit : « Mon vieux, tu en as de la veine de ne pas avoir à sortir par ce temps-là. »

Et je suis bien d'accord avec eux.

Mais viennent les beaux jours, en mai-juin, ou septembre-octobre, et tout le monde me déclare : « Qu'est-ce que tu fais dedans par un temps pareil, espèce d'idiot ? » Quelquefois, animés d'une juste indignation, ils m'attrapent et me jettent par la fenêtre, pour que je puisse jouir de cette belle journée.

Bien entendu, ce qu'il y a d'agréable à être écrivain, c'est qu'on peut dégorger sur le papier toutes ses frustrations et ennuis divers. Cela les empêche d'atteindre la cote d'alerte, et explique pourquoi les écrivains sont en général des gens équilibrés et parfaitement adorables, qui font la joie de leur entourage.

Par exemple, j'ai écrit en 1953 un roman dans lequel je dépeignis un monde où toute la population vit dans des villes souterraines, douilletement isolée de l'air libre.

Les gens me disaient : « Comment avez-vous pu imaginer une situation aussi cauchemardesque ? »

Et moi, je répondais, stupéfait : « Quelle situation cauchemardesque ? »

Mais j'ai le goût du paradoxe. Ayant présenté la défense de l'auto-séquestration, je me suis demandé si je pourrais renverser la situation.

C'est pourquoi j'ai écrit « Quelle belle journée ! », — et je suis si bien arrivé à me convaincre moi-même que depuis, assez souvent, et jusqu'à deux fois dans une seule semaine, il m'arrive de sortir me promener dans le voisinage, en fin d'après-midi, après une bonne journée de travail.

Mais je ne sais pas. Ce truc-là que vous avez dans le ciel. Je le trouve menaçant.

Première publication : Star Science Fiction Stories 3.

QUELLE BELLE JOURNEE !

Le 12 avril 2117, le modulateur de champ du frein à valve de la Porte appartenant à Mrs Richard Hanshaw se dépolarisa pour des raisons restées inconnues. En conséquence, la journée de Mrs Hanshaw fut complètement bouleversée, et c'est à cette occasion que l'étrange névrose de son fils, Richard, Jr. prit naissance.

Il ne s'agit pas, certes, d'un genre de névrose catalogué dans les livres médicaux, et le jeune Richard continua à se comporter, sous bien des rapports, comme n'importe quel enfant de douze ans, bien élevé et de famille aisée.

Et pourtant, à partir du 12 avril, ce n'est plus qu'avec regret que Richard Hanshaw, Jr. parvint à se persuader de passer par la Porte.

Le 12 avril, Mrs Hanshaw n'avait aucune prémonition de tout cela. Le matin (un matin comme tous les autres) elle se réveilla au moment où son mekkano entra en glissant dans sa chambre, portant une tasse de café sur un petit plateau. Mrs Hanshaw avait l'intention d'aller à

New York dans l'après-midi, et elle avait à faire avant plusieurs choses dont elle ne pouvait pas confier l'exécution à un mekkano. Aussi, après avoir bu une ou deux gorgées, sortit-elle de son lit.

Le mekkano recula, se déplaçant silencieusement le long du champ diamagnétique qui maintenait son corps oblong à un centimètre au-dessus du sol, et retourna à la cuisine, où sa programmation rudimentaire était amplement suffisante pour mettre en branle les appareils ménagers nécessaires à la préparation d'un petit déjeuner approprié.

Mrs Hanshaw, après avoir comme d'habitude, jeté un regard sentimental sur la cubographie de son défunt mari, parcourut avec un certain contentement les différentes étapes de son rituel matinal. De l'autre côté du hall, elle entendait son fils qui accomplissait son rituel à lui, mais elle savait qu'elle n'avait pas besoin de s'en mêler. Le mekkano était spécialement réglé pour s'assurer, comme de juste, qu'il avait pris sa douche, qu'il avait des vêtements propres, et qu'il mangerait un petit déjeuner reconstituant. La tergo-douche qu'elle avait fait installer l'année précédente rendait la toilette matinale si rapide et si agréable vraiment, qu'elle était sûre que Dickie se laverait même sans supervision.

Par un matin comme celui-là, où elle était très occupée, elle n'aurait certainement pas besoin de faire plus que de déposer un baiser distrait sur la joue du petit garçon avant son départ. Elle entendit le doux tintement du carillon déclenché par le mekkano pour prévenir que l'heure de l'école approchait, et elle se laissa flotter jusqu'à l'étage inférieur sur le champ descendant (sa coiffure du jour simplement esquissée) pour accomplir ce devoir maternel.

Elle trouva Richard debout près de la porte, ses

rouleaux de textes et son projecteur de poche oscillant au bout de leur courroie, et fronçant les sourcils.

— Dis, maman, dit-il en levant les yeux, j'ai composé les coordonnées de l'école, mais rien ne se passe.

Elle dit, presque machinalement :

— Ne dis pas de bêtises, Dickie. Je n'ai jamais entendu parler d'une chose pareille.

— Alors, essaye.

Mrs Hanshaw essaya plusieurs fois. Curieux, la Porte de l'école était toujours branchée. Elle essaya d'autres coordonnées. Les Portes de ses amies n'étaient pas branchées mais il y aurait au moins un signal, et elle pourrait s'expliquer.

Mais il ne se passa rien du tout. La Porte restait une barrière grise et amorphe, en dépit de toutes ses manipulations. Il était évident que la Porte était en dérangement, — et cela, cinq mois seulement après son inspection annuelle par la compagnie.

Elle en était fort contrariée.

Et il fallait que ça arrive un jour où elle avait tant à faire. Elle pensa avec irritation qu'il y avait seulement un mois qu'elle avait décidé de ne pas faire installer une Porte auxilliaire, sous prétexte que c'était une dépense inutile. Comment pouvait-elle savoir que les Portes étaient une telle camelote ?

Elle alla au visiphone, toujours brûlant de colère, et dit à Richard :

— Va à pied chez les Williamson, Dickie, et utilise leur Porte.

Par une ironie du sort, compte tenu de ce qui allait arriver dans la suite, Richard protesta :

— Ah, zut, maman, je vais me salir. Est-ce que je ne peux pas rester à la maison jusqu'à ce que la Porte soit réparée ?

Et, par une ironie du sort contraire, Mrs Hanshaw insista. Le doigt sur le cadran du téléphone, elle dit :

— Tu ne te saliras pas si tu mets des souplets sur tes chaussures, et n'oublie pas de bien te brosser avant d'entrer chez eux.

— Mais, mince alors...

— Ne réponds pas, Dickie. Il faut que tu ailles à l'école. Je te regarde partir. Et dépêche-toi, sinon tu vas être en retard.

Le mekkano, modèle perfectionné et très réceptif, se tenait déjà devant Richard, les souplets suspendus à un de ses appendices.

Richard passa les souples écrans de platique transparent par-dessus ses souliers, et traversa le hall avec une mauvaise grâce évidente.

— Je ne sais même pas comment ça marche, ce truc-là, m'man.

— Tu n'as qu'à pousser ce bouton, cria Mrs Hanshaw. Le bouton rouge. Celui où tu vois écrit : « Sortie de secours ». Et ne traîne pas. Tu veux que le mekkano t'accompagne ?

— Non alors, cria-t-il en retour d'un ton maussade. Pour qui tu me prends ? Pour un bébé ? Mince alors !

Un claquement coupa court à ses protestations.

Mrs Hanshaw fit voler ses doigts sur le panneau du téléphone, tout en préparant ce qu'elle allait dire à la compagnie à ce sujet.

Joe Bloom, jeune homme raisonnable, sorti d'une école de technologie avec cours spéciaux en mécanique de champs, arriva à la résidence des Hanshaw moins d'une demi-heure plus tard. Il était vraiment compétent, quoique Mrs Hanshaw considérât sa jeunesse avec une suspicion profonde.

Elle ouvrit le panneau mobile quand il envoya son premier signal, et elle le vit debout, se brossant vigoureusement pour enlever la poussière ramassée en plein air. Il ôta ses souplets et les laissa à l'endroit où il était. Mrs Hanshaw referma le panneau mobile en défense contre la lumière crue du soleil qui entrait. Elle s'aperçut qu'elle ressentait l'espoir irrationnel que ce trajet à pied depuis la Porte publique eût été déplaisant. Peut-être même que la Porte publique ne fonctionnait pas, et que ce jeune homme avait été obligé de trimballer ses outils sur une bien plus grande distance que les deux cents mètres habituels. Elle voulait que la Compagnie souffre un peu, ou tout au moins son représentant. Ça leur montrerait ce que c'est, qu'une Porte cassée.

Mais il resta imperturbable et joyeux, tout en disant :

— Bonjour, M'dame. Je viens pour votre Porte.

— C'est heureux qu'on m'envoie quelqu'un, répondit Mrs Hanshaw, très rogue. Ma journée est complètement gâchée.

— Désolé, M'dame. Qu'est-ce qu'il y a qui ne va pas ?

— Ça ne marche pas, c'est tout. Rien ne se passe quand je compose des coordonnées, dit Mrs Hanshaw. Et il n'y a pas eu d'avertissement préalable. Pour aller chez les voisins, j'ai été obligée de faire passer mon fils par... par ce truc-là.

Elle montrait du doigt l'endroit par lequel le réparateur était entré.

Il sourit, et parla avec la sagesse protectrice que lui donnait sa connaissance approfondie des Portes.

— C'est une porte aussi, M'dame. On ne l'écrit pas avec une majuscule. C'est une porte manuelle, si vous voulez. Autrefois, il n'y en avait pas d'autres.

— Au moins, elle fonctionne. Mon fils a été obligé de sortir dans la boue et les microbes.

— Il ne fait pas mauvais dehors, M'dame, dit-il avec

l'air de connaisseur de quelqu'un dont la profession nécessite qu'il sorte à l'air libre presque tous les jours. Il y a des jours où c'est vraiment désagréable. Mais je suppose que vous voulez que j'arrange cette Porte, M'dame. Alors, allons-y.

Il s'assit par terre, ouvrit une grande boîte à outils qu'il avait apportée avec lui, et, en trente secondes, à l'aide d'un démagnétiseur à pointe, il enleva le panneau de contrôle et découvrit les organes vitaux de la Porte.

Il sifflait entre ses dents en plaçant les fines électrodes de l'analyseur de champ en différents points, observant le mouvement des aiguilles sur ses cadrans. Bras croisés, Mrs Hanshaw le regardait.

Il dit enfin :

— Ah, voilà quelque chose, et, d'une preste torsion, il dégagea le frein à valve.

Il le tapota de l'ongle, et dit :

— Le frein à valve est démoralisé, M'dame. C'est de là que viennent vos ennuis.

Il promena son doigt le long des rangées de trous de sa boîte à outils, et prit une réplique de l'objet qu'il venait de retirer du mécanisme de la Porte.

— Ces choses-là, ça lâche tout d'un coup. Impossible à prévoir.

Il remit le panneau de contrôle et dit :

— Maintenant, ça marche, M'dame.

Il composa des coordonnées de référence, les effaça, puis en composa d'autres. Chaque fois, le gris terne de la Porte faisait place à un noir velouté. Il dit :

— Voulez-vous signer ici, M'dame ? Et ajouter votre numéro de compte, s'il vous plaît ? Merci, M'dame !

Il composa d'autres coordonnées, celles de son usine, et en portant poliment son doigt à son front, il entra dans la Porte. Au moment où il y entrait, sa silhouette se découpa nettement sur le noir. Puis son corps disparut peu à peu, le bout de sa boîte à outils disparaissant en dernier. Une seconde après qu'il fut complètement passé, la Porte avait repris sa couleur originelle, gris terne.

Une demi-heure plus tard, quand Mrs Hanshaw eut enfin terminé ses préparatifs interrompus et fulminait toujours à propos des infortunes de la matinée, le téléphone se mit à bourdonner avec insistance. Ses vrais ennuis commençaient.

Miss Elizabeth Robbins était affligée. Le petit Dick Hanshaw avait toujours été si bon élève. Ça lui faisait de la peine d'avoir à faire un rapport sur lui. Et pourtant, se disait-elle, il agit bizarrement, il n'y a pas de doute. Et elle voulait en parler avec sa mère, pas avec le directeur.

Elle s'était glissée au téléphone pendant l'étude du matin, confiant sa classe à un élève. Elle avait obtenu sa communication, et elle se retrouvait en face du visage de Mrs Hanshaw, élégant mais quelque peu redoutable.

Miss Robbins se sentit fléchir, mais il était trop tard pour reculer. Elle dit timidement :

— Mrs Hanshaw, je suis Miss Robbins.

Elle termina sur une note aiguë.

Mrs Hanshaw la regarda d'un œil morne, puis dit :

— L'institutrice de Richard ?

Et elle aussi, elle termina sur une note aiguë.

— C'est exact. Je vous appelle, Mrs Hanshaw, dit Miss Robbins en se jetant à l'eau, pour vous dire que Dick est arrivé en retard ce matin.

— En retard ? Mais c'est impossible. Je l'ai vu partir.

Miss Robbins eut l'air surpris. Elle dit :

— Voulez-vous dire que vous l'avez vu utiliser votre Porte ?

Mrs Hanshaw ajouta en hâte :

— C'est-à-dire que non. Notre Porte était en dérangement. Je l'ai envoyé chez des voisins, et il a utilisé leur Porte.

— Vous en êtes sûre ?

— Bien entendu que j'en suis sûre. Pourquoi vous mentirais-je ?

— Non, non, Mrs Hanshaw, ce n'est pas ce que je voulais dire. Je voulais dire : est-ce que vous êtes sûre qu'il a trouvé le chemin pour aller chez vos voisins ? Il a pu se perdre.

— C'est ridicule. Nous avons des cartes, et je suis sûre que Richard connaît parfaitement la position de toutes les maisons du District A-3.

Puis, avec la fierté tranquille de quelqu'un qui sait ce que lui est dû, elle ajouta :

— Non qu'il ait à s'en servir, bien entendu. De nos jours, seules les coordonnées sont nécessaires.

Miss Robbins, qui sortait d'une famille où l'on avait toujours utilisé la Porte avec une stricte économie (le prix du courant étant ce qu'il est), et qui, de ce fait, avait souvent fait des courses à pied jusqu'à un âge avancé, lui en voulut de cette fierté. Elle dit sans ambages :

— Eh bien, j'ai grand peur, Mrs Hanshaw, que Dick n'ait pas utilisé la Porte des voisins. Il est arrivé à l'école avec plus d'une heure de retard, et vu l'état de ses souplets, il est évident qu'il a dû déambuler en pleine campagne. Ils étaient *boueux*.

— *Boueux ?*

Mrs Hanshaw répéta le mot en l'accentuant de la même façon.

— Qu'est-ce qu'il a dit ? Quelle excuse a-t-il donnée ?

Miss Robbins ne pouvait s'empêcher de savourer la déconfiture de l'autre. Elle dit :

— Il n'a pas voulu en parler. Franchement, Mrs Hanshaw, il m'a l'air malade. C'est pourquoi je vous ai appelée. Peut-être désirez-vous le faire examiner par un docteur.

— Est-ce qu'il a de la fièvre ? dit la mère d'une voix stridente.

— Oh non. Je ne veux pas dire qu'il est physiquement malade. Mais c'est son attitude, et l'expression de ses yeux.

Elle hésita, puis dit avec le plus de tact possible :

— Je pensais que, peut-être, un sondage psychique de routine...

Elle n'eut pas le temps de terminer. Mrs Hanshaw, d'une voix glaciale et aussi méprisante que son éducation le lui permettait, disait :

— Voulez-vous dire que Richard est *névrosé ?*

— Oh, non, Mrs Hanshaw, mais...

— C'est pourtant bien ce que vous aviez l'air de dire. Quelle idée ! Il a toujours été en parfaite santé. Je lui en parlerai quand il rentrera. Je suis sûre qu'il y a à tout cela une explication parfaitement normale, qu'il me donnera *à moi.*

Elle coupa brusquement la communication, et Miss Robbins se sentit blessée et toute bête. Après tout, elle avait voulu faire son devoir, et ce qu'elle considérait comme une obligation envers ses élèves.

Elle se hâta de regagner sa classe, en jetant un regard sur le cadran métallique de la pendule. La période d'étude tirait à sa fin. Après, composition anglaise.

Elle n'était pas toute à la composition anglaise. Automatiquement, elle appelait les élèves les uns après les autres pour qu'ils lisent des extraits de leurs créations littéraires, et, de temps en temps, elle enregistrait l'une de ces sélections et la passait dans le petit vocaliseur pour leur montrer comment on *devait* lire l'anglais.

La voix mécanique du vocaliseur, comme toujours, était la perfection même, mais, comme toujours encore, elle manquait de caractère. Parfois, elle se demandait s'il était sage d'habituer les enfants à des manières de parler dépourvues de toute individualité, et tendant à créer un accent et une intonation de masse.

Aujourd'hui, pourtant, elle ne pensait pas à ça. Elle observait Richard Hanshaw. Il était tranquillement assis à sa place, et, de toute évidence, indifférent à ce qui se passait autour de lui. Il était profondément absorbé dans ses pensées, et plus du tout semblable à lui-même. Pour elle, il était évident qu'il avait fait une expérience inhabituelle ce matin-là, et, vraiment, elle avait eu raison d'appeler la mère, quoiqu'elle n'eût peut-être pas dû mentionner le sondage psychique. Pourtant, c'était à la mode. Tout le monde voulait avoir un sondage. Aucune honte n'y était attachée. Du moins, aucune honte n'aurait dû s'y attacher.

Finalement, elle appela Richard. Elle dut l'appeler deux fois avant qu'il réagisse et se lève.

Le sujet était le suivant : « Si vous pouviez choisir de voyager dans un ancien véhicule, lequel prendriez-vous, et pourquoi ? » Miss Robbins donnait ce sujet tous les semestres. C'était un bon sujet, car il faisait appel au sens historique. Il obligeait les enfants à penser à la façon dont on vivait aux époques passées.

Elle écouta Richard Hanshaw qui lisait à voix basse :

« Si je pouvais choisir un ancien véhicule, disait-il en prononçant le « h » de véhicule, je choisirais un stratoliner. Il se déplace lent, comme tous les véhicules, mais il est propre. Parce qu'il se déplace dans la stratosphère, il est complètement fermé, et on ne peut pas attraper de maladies. On peut voir les étoiles, s'il fait nuit, presque aussi bien que dans un planétarium. Si on regarde en bas, on peut voir la Terre comme une carte, et peut-être même des nuages... »

Il continua encore sur quelques pages.

Quand il eut fini, elle dit gaiement :

— Il faut prononcer : vé-i-cu-le, Richard, sans « h ». Accent sur la première syllabe. Et on ne dit pas « voyager lent ». Qu'est-ce que vous avez à dire, mes enfants ?

Quelques réponses retentirent en chœur, et elle continua :

— C'est parfait. Maintenant, quelle différence entre un adjectif et un adverbe ? Qui est-ce qui sait ?

Et ainsi de suite. Le déjeuner arriva. Quelques enfants restèrent pour manger à l'école ; d'autres rentrèrent chez eux. Richard resta. Miss Robbins le remarqua, car, d'ordinaire, il rentrait chez lui.

L'après-midi passa aussi, puis il y eut la cloche du soir, et le tumulte habituel de vingt-cinq garçons et filles qui rassemblent leurs affaires et prennent nonchalamment leur place dans le rang.

Miss Robbins frappa dans ses mains.

— Dépêchez-vous, mes enfants. Allons, Zelda, prends ta place.

— J'ai perdu ma carte perforée, cria la petite, sur la défensive.

— Eh bien, cherche-la. Allons, mes enfants, vite, vite.

Elle pressa un bouton qui faisait glisser une portion du mur, révélant la surface grise et nue d'une grande Porte. Ce n'était pas la Porte usuelle que les enfants utilisent occasionnellement pour rentrer déjeuner chez eux, mais un modèle perfectionné, orgueil de ce riche établissement privé.

En plus de sa largeur double de la normale, elle était pourvue d'un « sélectionneur sériel automatique », qui pouvait ajuster la Porte à des coordonnées différentes, automatiquement et à intervalles donnés.

Au début de l'année, Miss Robbins passait une demi-journée en compagnie de la mécanique, enregistrant les coordonnées des maisons de la nouvelle classe. Mais ensuite, Dieu merci, elle n'avait pratiquement plus besoin de s'en occuper jusqu'à la fin de l'année.

La classe se mit en rang par ordre alphabétique, les filles devant, les garçons derrière. La Porte devint d'un beau noir velouté, et Hester Adams agita la main, entra.

— Au...

Le « revoir » fut coupé, comme presque toujours.

La Porte redevint grise, puis noire, et Theresa Cantrocchi passa. Gris, noir, Zelda Charlowicz. Gris, noir, Patricia Coombs. Gris, noir, Sara May Evans.

Le rang se rapetissait à mesure que la porte avalait les enfants un par un pour les déposer chez eux. Bien entendu, il arrivait qu'une mère oubliât de mettre sa Porte sur « réception » au bon moment, et la Porte de l'école demeurait grise. Automatiquement, au bout d'une minute, la Porte passait aux coordonnées suivantes, et l'élève en question devait attendre que tous les autres soient passés, après quoi un coup de téléphone à la mère oublieuse faisait tout rentrer dans l'ordre. C'était toujours ennuyeux pour les élèves en cause, particulièrement pour les enfants sensibles, qui en concluaient qu'on ne pensait pas beaucoup à eux à la maison. Miss Robbins essayait toujours de faire comprendre ça aux parents qui venaient la voir, mais cela arrivait quand même au moins une fois par semestre.

Maintenant, toutes les filles étaient passées. John Abramowitz passa, puis Edwin Byrne...

Bien entendu, un autre ennui, et plus fréquent celui-là, était provoqué par le garçon ou la fille qui ne respectait pas sa place dans le rang. Cela arrivait toujours, malgré la vigilance de l'institutrice, particulièrement au début de l'année quand l'ordre de départ ne leur était pas encore familier.

Alors, il arrivait que des demi-douzaines d'enfants surgissent inopinément dans une maison qui n'était pas la leur, et on devait les renvoyer. Cela provoquait toujours un désordre qui demandait plusieurs minutes pour être corrigé, et les parents étaient invariablement hors d'eux.

Soudain, Miss Robbins se rendit compte que le rang n'avançait plus. Elle s'adressa d'un ton tranchant au garçon qui était maintenant en tête du rang.

— Alors, passe, Samuel. Qu'est-ce que tu attends ?

Samuel Jones se redressa d'un air suffisant et dit :

— Ce ne sont pas mes coordonnées, Miss Robbins.

— Alors, les coordonnées de qui ?

Elle regarda d'un air impatienté les cinq garçons qui restaient. Qui n'était pas à sa place ?

— Ce sont celles de Dick Hanshaw, Miss Robbins.

— Où est-il ?

Un autre garçon répondit, du ton vertueux et réprobateur que prennent automatiquement les enfants en rapportant aux autorités les déportements de leurs camarades.

— Il est passé par la porte de secours, Miss Robbins.

— Quoi ?

La Porte de l'école était passée à d'autres coordonnées, et Samuel Jones disparut. Un par un, les autres suivirent.

Miss Robbins était seule dans la classe. Elle alla à la porte de secours. C'était une petite porte, qu'on ouvrait à la main, et cachée derrière un rebond du mur pour ne pas rompre l'harmonie de la classe.

Elle l'entrouvrit. Elle devait servir à sortir en cas d'incendie, dispositif imposé par une loi anachronique ne tenant aucun compte des méthodes modernes et automatiques de lutte contre le feu, utilisées par tous les bâtiments publics. Dehors, il n'y avait rien, — que le dehors. La lumière du soleil était dure, et le vent soulevait des nuages de poussière.

Miss Robbins referma la porte. Elle était contente d'avoir appelé Mrs Hanshaw. Elle avait fait son devoir. Plus que jamais, il était évident que quelque chose n'allait pas chez Richard. Elle se retint pour ne pas téléphoner une seconde fois.

Mrs Hanshaw n'était pas allée à New York ce jour-là. Elle resta chez elle, partagée entre l'angoisse et la colère, cette dernière inspirée par l'impudente Miss Robbins.

Environ un quart d'heure avant la fin des classes, son angoisse la poussa vers la Porte. L'année précédente, elle l'avait fait équiper d'un dispositif automatique, qui l'activait aux coordonnées de l'école à trois heures moins cinq et ne bougeait plus, empêchant toute manœuvre manuelle jusqu'à l'arrivée de Richard.

Les yeux fixés sur le gris sinistre de la Porte (un champ de forces inactif ne pourraît-il être d'une autre couleur, quelque chose de plus vivant, de plus gai ?) et attendit. Elle pressa l'une contre l'autre ses mains glacées.

La Porte devint noire à la seconde précise, mais rien ne se produisit. Les minutes passèrent. Richard était en retard. Puis, passablement en retard. Puis, très en retard.

Il était quatre heures moins le quart, et elle était distraite. Normalement, elle aurait appelé l'école, mais elle ne pouvait pas, non, elle ne pouvait pas. Pas après que cette institutrice eut délibérément jeté des doutes sur la santé mentale de Richard. Comment osait-elle ?

Mrs Hanshaw s'agitait nerveusement, allumant une cigarette d'une main tremblante, puis l'écrasant aussitôt. Est-ce que ce retard avait une cause normale ? Est-ce que Richard avait été retenu à l'école pour une raison ou pour une autre ? Non, il lui en aurait parlé. Subitement, elle eut une illumination. Il savait qu'elle allait à New York, et qu'elle ne rentrerait certainement pas avant la fin de l'après-midi...

Non, il le lui aurait dit. Pourquoi chercher à se tromper elle-même ?

Sa fierté flanchait. Il faudrait bien qu'elle appelle l'école ou même (elle ferma les yeux, et des larmes filtrèrent à travers ses cils) la police.

Et quand elle les rouvrit, Richard était debout devant elle, les yeux baissés, dans l'attitude de quelqu'un qui attend l'orage.

— Hello, m'man.

L'angoisse de Mrs Hanshaw se transmuta instantanément (comme seules les mères savent le faire), en colère.

— Où es-tu allé, Richard ?

Mais, avant qu'elle eût pu débiter plus avant le couplet concernant les fils insoucieux et les mères affligées, quelques détails de son apparence la frappèrent, et elle en resta bouche bée d'horreur.

Elle dit :

— Tu es allé dehors.

Son fils baissa les yeux sur ses souliers poussiéreux (moins les souplets), sur les raies de crasse qui marquaient ses bras, et sur la déchirure, petite mais bien réelle de sa chemise. Il dit :

— Mais, m'man, je voulais juste... et sa voix mourut.

Elle dit :

— La Porte de l'école ne marchait pas ?

— Si, m'man.

— Est-ce que tu te rends compte que j'étais malade d'inquiétude ?

Elle attendit vainement une réponse.

— Bon, je vous parlerai plus tard, jeune homme. D'abord, vous allez prendre un bain, et on va jeter tout ce que vous portez sur vous. Mekkano !

Mais le mekkano avait déjà réagi de façon adéquate à l'expression « prendre un bain », et son glissement silencieux l'avait entraîné dans la salle de bain.

— Tu vas enlever tes chaussures ici même, dit Mrs Hanshaw. Après, rejoins le mekkano.

Richard fit ce qu'on lui disait avec une résignation qui le plaçait au-dessus de futiles protestations.

Mrs Hanshaw ramassa entre le pouce et l'index les souliers sales et les jeta dans le vide-ordure qui bourdonna de détresse à l'arrivée de ce chargement inattendu. Elle s'essuya soigneusement les mains à un chiffon qu'elle envoya avec ostentation rejoindre les souliers.

Elle ne se joignit pas à Richard pour le dîner, mais le laissa prendre son repas en la compagnie du mekkano, ce qui était pire que le prendre seul. Cela, pensa-t-elle, serait la preuve patente de son mécontentement, et contribuerait plus que n'importe quelle réprimande ou punition à lui faire réaliser qu'il avait mal agi. Richard, se disait-elle fréquemment, est un enfant sensible.

Mais elle monta le voir avant qu'il s'endorme.

Elle lui sourit et lui parla doucement. Elle pensa que c'était le mieux. Après tout, il avait déjà été puni.

Elle dit :

— Qu'est-ce qui t'es arrivé aujourd'hui, Dickieboy ?

Elle l'appelait ainsi quand il était bébé, et rien que le son de ce nom l'attendrit jusqu'aux larmes.

Mais il se contenta de détourner les yeux, et parla d'une voix froide et têtue.

— J'aime pas passer par ces sales Portes, m'man.

— Mais pourquoi ?

Il passa les mains sur le drap fin (frais, propre, antiseptique, et, bien entendu, jetable après usage) et dit :

— Je les aime pas, c'est tout.

— Mais alors, comment iras-tu à l'école, Dickie ?

— Je me lèverai plus tôt, marmonna-t-il.

— Mais pourtant, les Portes, c'est très bien.

— Je les aime pas.

Il ne la regarda pas une seule fois.

Au désespoir, elle dit :

— Bon, bon, tu vas bien dormir, et demain matin, tu te sentiras beaucoup mienx.

Elle l'embrassa et quitta la chambre, passant machinalement la main devant la cellule photo-électrique pour diminuer la lumière.

Mais elle eut du mal à dormir elle-même, cette nuit-là. Pourquoi Dick se méfiait-il des Portes tout d'un coup ? Il n'avait jamais montré aucune répugnance jusque-là. Evidemment, la Porte s'était détraquée le matin, mais cela aurait dû la lui faire apprécier encore davantage.

Dickie n'était pas raisonnable.

Pas raisonnable ? Cela lui rappela Miss Robbins et son diagnostic, et Mrs Hansaw serrai les mâchoires d'un air menaçant, dans l'intimité et les ténèbres de sa chambre. Bêtises, tout ça ! Son fils était retourné, et une bonne nuit de sommeil arrangerait tout.

Mais quand elle se leva le lendemain matin, son fils n'était pas dans la maison. Le mekkano ne pouvait pas parler, mais à l'aide de ses appendices, il pouvait répondre aux questions par des signes équivalent à oui ou à non, et il ne fallut à Mrs Hanshaw que trente secondes pour s'assurer que son fils s'était levé une demi-heure plus tôt que d'habitude, avait sauté sa douche, et était sorti de la maison en courant.

Mais pas par la Porte.

Par l'autre chemin, — Par la porte : avec un petit « p ».

Le visiphone de Mrs Hanshaw se mit à clignoter doucement à 3 h 10 ce jour-là. Mrs Hanshaw devina qui l'appelait, et ayant activé le récepteur, vit qu'elle avait deviné juste. Coup d'œil rapide au miroir pour voir si elle avait l'air calme qui convenait en dépit d'une journée d'inquiétude et d'angoisse, après quoi elle brancha son émetteur.

— Oui, Miss Robbins, dit-elle avec froideur.

L'institutrice de Richard était quelque peu hors d'haleine. Elle dit :

— Mrs Hanshaw, Richard est sorti délibérément par la porte de secours bien que je lui aie dit d'utiliser la Porte. Je ne sais pas où il est allé.

Mrs Hanshaw dit, avec prudence :

— Il rentre à la maison.

Miss Robbins eut l'air consterné.

— Vous approuvez cela ?

Livide, Mrs Hanshaw se mit en devoir de remettre l'institutrice à sa place.

— Je ne pense pas que ce soit à vous de critiquer cela. Si mon fils choisit de ne pas utiliser la Porte, c'est son affaire et la mienne. Je ne pense pas que les règlements de l'école l'obligent à utiliser la Porte, n'est-ce pas ?

Et son ton indiquait clairment que si le règlement comportait une obligation de ce genre, elle verrait à le faire changer.

Miss Robbins rougit, et n'eut que le temps de placer une brève remarque avant que le contact soit coupé. Elle dit :

— Vous devriez le faire sonder. Vraiment.

Mrs Hanshaw resta debout devant la plaque de quartzinium, fixant sans la voir la surface vide. Pendant quelques instants, le sens de la famille la mit avec résolution du côté de Richard. Pourquoi *devrait*-il utiliser la Porte s'il préférait ne pas le faire ? Puis elle s'installa pour attendre, la fierté le disputant à l'angoisse sourde qui lui disait qu'après tout, quelque chose ne tournait pas rond chez Richard.

Il rentra avec une expression de défi sur le visage, mais sa mère, au prix d'un violent effort, l'accueillit comme si de rien n'était.

Elle s'en tint à cette politique pendant des semaines. Ce n'est rien, se disait-elle. C'est un caprice. Ça lui passera.

Cela devint presque normal. Mais il arrivait également, de temps en temps, et jusqu'à trois jours de suite, qu'en descendant pour déjeuner, elle trouvât Richard, attendant près de la Porte d'un air maussade, puis l'utilisant quand c'était l'heure de partir pour l'école. Elle se retenait toujours de faire des commentaires.

Chaque fois qu'il faisait cela, et spécialement quand il persistait dans cette attitude en arrivant à la maison par la Porte, elle se sentait chaud au cœur, et elle pensait : « Bon, c'est fini. » Mais, au bout d'un, deux, ou trois jours, il retournait à son habitude, comme un drogué à sa drogue, et sortait en silence par la porte, — avec un petit « p », — avant qu'elle s'éveillât.

Et chaque fois, elle pensait avec désespoir aux psychiatres et aux sondages, et chaque fois, elle imaginait la satisfaction vulgaire de Miss Robbins en apprenant cela (peut-être) et cela l'arrêtait, bien qu'elle n'eût peut-être pas une conscience très claire de ce qui provoquait réellement cet arrêt.

En attendant, elle supportait cela du mieux possible. Le mekkano avait ordre d'attendre à la porte, — avec un petit « p », — muni d'un nécessaire Tergo et de vêtements propres. Richard se lavait et se changeait sans résistance. Ses sous-vêtements, ses chaussettes et ses souplets étaient à jeter après usage, de toute façon, et Mrs Hanshaw supporta sans se plaindre la dépense supplémentaire que lui imposait le fait de jeter une chemise tous les jours. Elle permit finalement que les pantalons servent toute une semaine avant qu'on les jette, pourvu qu'on les nettoie à fond chaque soir.

Un jour, elle proposa à Richard de l'accompagner à New York. Cette proposition était plus inspirée par le vague désir de le garder près d'elle que par aucun plan préconçu. Il ne fit pas d'objections. Il s'en montra même heureux. Il entra dans la Porte avec insouciance. Il n'hésita pas. Il n'eut même pas cet air buté qu'il avait les matins où il utilisait la Porte pour aller à l'école.

Mrs Hanshaw se réjouit. C'était peut-être le moyen de regagner ses bonnes grâces à l'égard des Portes, et elle fit des prodiges d'imagination pour trouver des prétextes de voyages en compagnie de Richard. Elle fit même monter sa note d'électricité à des hauteurs inouies en proposant, et en faisant avec lui, un voyage à Canton, pour assister à une fête chinoise.

Cela se passait un dimanche, et le lendemain matin, Richard se dirigea vers le trou dans le mur par où il passait toujours. Mrs Hanshaw, s'étant réveillée de très bonne heure, le vit. Pour une fois, à bout de patience, elle lui cria plaintivement :

— Pourquoi pas la Porte, Dickie ?

Il répondit laconiquement :

— C'était bon pour Canton.

Et il sortit de la maison.

Ainsi, ce plan s'était soldé par un échec. Et puis, un jour, Richard rentra trempé jusqu'aux os. Le mekkano se penchait sur lui, hésitant, et Mrs Hanshaw, retour d'une visite de quatre heures à sa sœur qui habitait l'Iowa, cria :

— Richard Hanshaw !

Il dit d'un air sournois :

— Il s'est mis à pleuvoir. Tout d'un coup, il s'est mis à pleuvoir.

Pendant un moment, le mot n'évoqua rien pour elle. L'école et la géographie, ça se plaçait à vingt ans en arrière. Puis elle se souvint, et elle eu une vision d'eau se déversant sans fin du ciel, — une cascade démentielle, sans robinet pour l'arrêter, sans bouton à pousser, sans contact à couper.

Elle dit :

— Et tu es resté dehors sous la pluie ?

Il dit :

— Ben, m'man, je suis rentré aussi vite que j'ai pu. Je ne savais pas qu'il allait pleuvoir.

Mrs Hanshaw ne trouva rien à répondre. Elle était consternée, et ce sentiment la remplissait tellement qu'il ne laissait pas place aux paroles.

Deux jours plus tard, le nez de Richard se mit à couler, et sa gorge était sèche et brûlante. Mrs Hanshaw fut obligée d'admettre que le virus de la maladie avait trouvé asile dans sa maison, comme si c'était d'une misérable masure de l'Age du Fer.

C'est à cause de ça que son obstination et sa fierté rendirent les armes, et qu'elle s'avoua à elle-même qu'après tout, Richard avait peut-être besoin de l'aide d'un psychiatre.

Mrs Hanshaw choisit un psychiatre avec soin. Son premier mouvement fut d'aller au loin pour en consulter un. Pendant un certain temps, elle pensa aller directement au Centre Médical de San Francisco et d'en prendre un au hasard.

Puis il lui vint à l'idée qu'en agissant ainsi, elle se ravalerait au rang de consultante anonyme. Elle n'obtiendrait pas plus de considération que n'importe quel miséreux, usager des Portes publiques. Tandis que si elle restait dans sa communauté, ses paroles auraient du poids...

Elle consulta la carte du district. Elle faisait partie de l'excellente série de cartes préparées par Portes, Inc., et distribuées gratuitement à leurs clients. Mrs Hanshaw ne put réprimer un frisson de fierté civique en dépliant la carte. Ce n'était pas seulement la liste en petits caractères des coordonnées des Portes. C'était une vraie carte, sur laquelle toutes les maisons étaient soigneusement portées.

Et pourquoi pas ? A-3 était un nom connu dans le monde entier, un garantie d'aristocratie. C'était la première communauté de la planète à avoir été construite en vue de l'usage des Portes. La première, la plus grande, la plus riche, la plus connue. Elle n'avait pas besoin d'usines, de magasins. Elle n'avait pas même besoin de routes. Chaque maison était comme un petit château bien fermé sur lui-même, et dont la Porte donnait accès dans le monde entier, partout où existaient d'autres Portes.

Elle suivit du doigt la liste des cinq mille familles du

District A-3. Elle savait qu'elle comportait plusieurs psychiatres. Les professions intellectuelles étaient bien représentées en A-3.

Le docteur Hamilton Sloane fut le second nom auquel elle arriva, et son doigt s'attarda sur la carte. Son cabinet était à peine à trois kilomètres de chez elle.

Le nom lui plut.

Le fait qu'il vécût à A-3 était garant de ses capacités. Et c'était un voisin. Pratiquement un voisin. Il comprendrait que le cas était urgent, — et confidentiel.

Avec décision, elle appela son bureau pour prendre rendez-vous.

Le docteur Hamilton Sloane était relativement jeune, moins de quarante ans. Il était de bonne famille et en effet, connaissait Mrs Hanshaw de réputation.

Il l'écouta calmement, puis il dit :

— Ainsi, cela a commencé par le dérangement de la Porte.

— C'est exact, Docteur.

— Est-ce qu'il manifeste une crainte quelconque des Portes ?

— Bien sûr que non. Quelle idée !

Elle était manifestement stupéfaite.

— C'est possible, Mrs Hanshaw, c'est possible. Après tout, quand on réfléchit à la façon dont fonctionne une Porte, c'est assez effrayant. Vous entrez dans la Porte, et, pendant un instant, vos atomes sont convertis en champ énergétique, transmis en un autre point de l'espace et reconvertis en matière. Pendant cet instant, vous n'êtes plus en vie.

— Je suis bien sûre que personne ne pense à ça.

— Mais votre fils peut y penser. Il a assisté à la panne de la Porte. Il se dit peut-être : « Et si la Porte tombe en panne quand je me trouve à mi-chemin ? »

— Mais ça ne tient pas debout. Il continue à utiliser la Porte. Il est même venu à Canton avec moi ; à Canton, en Chine. Et, comme je vous l'ai dit, il l'utilise environ une ou deux fois par semaine pour aller à l'école.

— De son plein gré ? Joyeusement ?

— Eh bien, dit Mrs Hanshaw à contre-cœur, ça a l'air de le contrarier un peu. Mais vraiment, Docteur, ça ne sert pas à grand chose d'en parler, n'est-ce pas ? Si vous faisiez un rapide sondage, pour voir d'où viennent ses troubles, — et elle termina gaiement, — ça n'irait pas plus loin. Je suis sûre que ce n'est pas grave.

Le Dr Sloane soupira. Il détestait le mot « sondage ». Et il n'y en avait pratiquement aucun qu'il entendît plus souvent.

— Mrs Hanshaw, dit-il d'un ton patient, les sondages rapides, ça n'existe pas. Maintenant, je sais bien que les périodiques ne parlent que de ça, et que c'est une mode qui fait rage dans certains milieux, mais c'est très surfait.

— Parlez-vous sérieusement ?

— Très sérieusement. Un sondage est une chose très compliquée, et la théorie veut qu'il permette de trouver le tracé des circuits mentaux. Voyez-vous, les cellules cervicales ont entre elles des connections multiples et variées. Certaines de ces voies sont plus utilisées que d'autres. Elles représentent des habitudes de pensée, conscientes et inconscientes. D'après la théorie, ces voies, dans un cerveau donné, peuvent servir à diagnostiquer de bonne heure les maladies mentales, et avec certitude.

— Eh bien alors ?

— Mais le sondage constitue une expérience très pénible, particulièrement pour un enfant. C'est traumatisant. Ça prend plus d'une heure. Après, on doit envoyer les résultats au Bureau Central de Psychiatrie aux fins d'analyse, et cela peut prendre des semaines. Et en plus de tout ça, Mrs Hanshaw, beaucoup de psychiatres pensent que la théorie n'est pas sûre.

Mrs Hanshaw pinça les lèvres.

— Voulez-vous dire qu'il n'y a rien à faire ?

Le Dr Sloane sourit.

— Pas du tout. Il y a eu des psychiatres pendant des siècles avant qu'on invente les sondages. Je vous propose de me laisser parler à votre fils.

— Lui parler ? C'est tout ?

— Je vous demanderai des détails sur son passé, si c'est nécessaire, mais je pense que le plus important est de parler à l'enfant.

— Vraiment, Dr Sloane, je doute qu'il veuille bien parler de cela avec vous. Il ne m'en parle pas à moi, et je suis sa mère.

— Cela arrive souvent lui assura le psychiatre. Souvent, un enfant parlera plus facilement à un étranger. En tout cas, je ne peux accepter ce cas qu'à cette condition.

Mrs Hanshaw se leva, assez mécontente.

— Quand pouvez-vous venir, docteur ?

— Que diriez-vous de samedi prochain ? Il ne sera pas à l'école. Est-ce que vous serez occupée ?

— Je serai prête.

Elle sortit avec dignité. Le Dr Sloane traversa son cabinet avec elle, l'accompagna jusqu'à la Porte, et attendit pendant qu'elle composait les coordonnées de sa maison. Elle devint une demi-femme, un quart de femme, un coude, un pied, puis plus rien.

C'était effrayant.

Est-ce qu'une Porte était jamais tombée en panne au cours d'un passage, laissant une moitié de corps ici, une autre là ? Il ne l'avait jamais entendu dire, mais ça pouvait arriver.

Il retourna à son bureau et vérifia l'heure de son prochain rendez-vous. Il était évident que Mrs Hansaw était contrariée et déçue qu'il n'ait pas accepté de traiter son fils par le sondage psychique.

Pourquoi, au nom du Ciel ? Pourquoi ces sondages, pure charlatanerie à son avis, faisaient-ils tant d'impression sur le public ? Ça devait faire partie de la tendance générale qui poussait tout le monde vers les machines. Tout ce qu'un homme peut faire, les machines le font encore mieux. Les Machines ! Toujours plus de Machines ! Des Machines pour tout et pour rien ! O tempora ! O mores !

Au diable !

Le ressentiment qu'il éprouvait à l'égard des sondages commençait à l'inquiéter. Avait-il peur du chômage technologique ? Etait-ce, de sa part, un sentiment d'insécurité, de la mécanophobie, si l'on pouvait dire ?

Il se promit mentalement d'en parler avec son propre analyste.

Le Dr Sloane avançait à tâtons. L'enfant n'était pas un malade venu le trouver de lui-même, plus ou moins désireux de parler, plus ou moins désireux qu'on l'aide.

En d'autres circonstances, il aurait mieux valu que cette première rencontre avec Richard fût courte et sans conséquences. Cela aurait été suffisant de lier connaissance. La fois d'après, il aurait été pour Richard quelqu'un qu'il avait déjà vu. La troisième fois, il aurait été une connaissance, et la quatrième, un ami de la famille.

Malheureusement, Mrs Hanshaw n'avait pas l'air de vouloir accepter que les choses traînent en longueur.

Elle se mettrait en quête d'un sondage, et, naturellement, elle trouverait.

Et elle abîmerait l'enfant. Il en était certain.

C'est pour cette raison qu'il résolut de sacrifier un peu de la prudence nécessaire et de risquer une crise bénigne.

Dix minutes très gênantes s'étaient écoulées quand il se décida. Mrs Hanshaw souriait avec raideur, le lorgnant avec attention, comme si elle s'attendait à ce que ses paroles fassent des miracles. Richard se tortillait sur son siège, insensible aux efforts du Dr Sloane pour engager la conversation, écrasé d'ennui et incapable de le dissimuler.

Soudain, le Dr Sloane dit avec naturel :

— Est-ce que tu voudrais faire une promenade avec moi, Richard ?

Les yeux de l'enfant se dilatèrent, et il s'arrêta de se tortiller. Il regarda le Dr Sloane droit dans les yeux.

— Une promenade, Monsieur ?

— Oui, dehors.

— Vous allez... dehors ?

— Quelquefois. Quand j'en ai envie.

Richard s'était levé, réprimant avec peine une impatience dévorante.

— Je croyais que personne n'allait dehors.

— Moi, j'y vais. Et j'aime la compagnie.

L'enfant se rassit, hésitant.

— M'man ?...

Mrs Hanshaw s'était raidie sur son siège, et ses lèvres pincées exprimaient l'horreur la plus complète, mais elle arriva à articuler :

— Bien sûr, Dickie, mais fais attention.

Et elle s'arrangea pour décocher un regard meurtrier au Dr Sloane.

A certains égards, le Dr Sloane avait menti. Il n'allait pas dehors « quelquefois ». Il n'était pas allé dehors depuis qu'il était entré à l'université. Certes, il avait été attiré par les sports (et il l'était toujours, dans une certaine mesure), mais, à son époque, les chambres à ultra-violets, les piscines et les tennis couverts s'étaient développés. Pour ceux qui avaient de l'argent, ils étaient beaucoup plus satisfaisants que leurs équivalents de plein air, ouverts à toutes les intempéries. Il n'y avait pas d'occasion de sortir.

C'est pourquoi le vent caressant sa peau lui donna la chair de poule, et c'est avec précaution qu'il posa ses souplets dans l'herbe.

— Hé, regardez ça !

Maintenant, Richard était tout différent. Il riait et toute sa réserve avait disparu.

Le Dr Sloane n'eut que le temps d'apercevoir un éclair bleu qui alla se poser dans un arbre. Il y eut un froissement de feuilles, puis il disparut.

— Qu'est-ce que c'était ?

— Un oiseau, dit Richard. Un oiseau bleu.

Le Dr Sloane regardait autour de lui avec étonnement. La résidence des Hanshaw était bâtie sur une petite éminence, et l'on voyait à des kilomètres à la ronde. La région était peu boisée, et, entre les bouquets d'arbres, l'herbe brillait au soleil.

Sur des fonds d'un vert plus soutenu, du rouge et du jaune formaient des dessins. C'était des fleurs. Grâce aux livres qu'il avait lus au cours de sa vie, et aux vieux spectacles *vidéo*, il en avait suffisamment appris pour que tout cela lui semble à la fois étrange et familier.

Pourtant, l'herbe était si bien tondue, les fleurs plantées si régulièrement ! Il réalisa vaguement qu'il s'était attendu à quelque chose de plus sauvage. Il dit :

— Qui est-ce qui s'occupe de tout cela ?

Richard haussa les épaules.

— J' sais pas. Peut-être les mekkanos.

— Les mekkanos ?

— Il y en a des tas dans le coin. Des fois, ils ont une sorte de couteau atomique qu'ils tiennent près du sol. Ça coupe l'herbe. Et ils sont toujours en train de tripoter les fleurs et tout. Tenez, en voilà un, là-bas.

C'était un tout petit objet, à cinq cents mètres d'eux. Sa peau métallique reflétait la lumière tandis qu'il se déplaçait au milieu de la prairie rayonnante, et il s'adonnait à une activité que le Dr Sloane fut incapable d'identifier.

Le Dr Sloane était étonné. Il s'agissait là d'un esthétisme perverti, d'un gaspillage ostentatoire...

— Qu'est-ce que c'est que ça ? demanda-t-il soudain.

Richard regarda. Il dit :

— C'est une maison. Elle appartient aux Froehlichs. Coordonnées : A-3, 23, 461. Et ce petit bâtiment pointu, là-bas, c'est la Porte publique.

Le Dr Sloane fixait la maison. Ainsi, ça avait cet aspect-là du dehors. Il s'était imaginé quelque chose de plus cubique et de plus haut.

— Venez, cria Richard en courant devant lui.

Le Dr Sloane le suivit plus posément.

— Tu connais toutes les maisons par ici ?

— A peu près.

— Où est A-3, 26, 475 ?

C'était sa maison à lui, bien sûr.

Richard regarda autour de lui.

— Voyons... Mais oui, je sais où elle est.... Vous voyez l'eau, là-bas ?

— L'eau ?

Le Dr Sloane distinguait une ligne argentée qui serpentait dans la verdure.

— Bien sûr. De la vraie eau. Ça court sur des rochers et plein de choses. Ça court tout le temps. On peut la traverser en marchant sur des pierres. Ça s'appelle une rivière.

Plutôt un ruisseau, pensa le Dr Sloane. Il avait étudié la géographie, bien sûr, mais ce qu'on enseignait sous ce nom, maintenant, c'était plutôt la géographie économique et culturelle. La géographie physique était une science presque éteinte, à part pour les spécialistes. Quand même, il savait ce que c'était qu'une rivière et un ruisseau, en théorie tout au moins.

Richard continuait à partir.

— Eh bien, juste après la rivière, derrière la colline où il y a un gros bouquet d'arbres, en descendant un peu de l'autre côté, il y a A-3, 26, 475. C'est une maison vert clair avec un toit blanc.

— Vraiment ?

Le Dr Sloane était sincèrement étonné. Il ne savait pas qu'elle était verte.

Un petit animal fit remuer l'herbe dans son impatience à éviter les pieds qui se dirigeaient vers lui. Richard le suivit des yeux et haussa les épaules.

— Pas moyen de les attraper. J'ai essayé.

Un papillon voleta près d'eux, tache palpitante et jaune. Le Dr Sloane le suivit des yeux.

Un bourdonnement sourd emplissait le paysage, dominé parfois par un son dur, un appel, un froissement, un gazouillement, un caquettement qui s'élevait et retombait. Comme son oreille s'accoutumait à écouter, le Dr Sloane percevait mille bruits différents, dont aucun n'était fait par l'homme.

Une ombre recouvrit le paysage, s'avança vers lui, et le recouvrit. Il fit soudain plus frais, et il leva les yeux, stupéfait.

Richard dit :

— Ce n'est qu'un nuage. Il s'en ira dans une minute... Regardez ces fleurs. Elles sentent bon.

Ils étaient à plusieurs centaines de mètres de la résidence des Hanshaw. Le nuage passa et le soleil se remit à briller. Le Dr Sloane regarda derrière lui, et fut consterné de la distance qu'ils avaient couverte. S'ils perdaient de vue la maison, ou si Richard s'en allait en courant, comment trouverait-il son chemin pour y revenir ?

Il écarta cette idée avec irritation, et regarda vers la ligne argentée de l'eau, plus proche maintenant et audelà, où sa maison devait se trouver. Il pensa, étonné : vert clair ?

Il dit :

— Tu dois être un fameux explorateur.

Richard dit avec une fierté teintée de timidité :

— Pour aller à l'école et revenir, je prends chaque fois un chemin différent, et je vois de nouvelles choses.

— Mais tu ne vas pas dehors tous les matins, non ? Tu utilises bien les Portes, quelquefois, j'imagine ?

— Oh, bien sûr.

— Pourquoi, Richard ?

Pour quelque obscure raison, le Dr Sloane avait l'impression qu'il s'agissait là d'un point important.

Mais Richard lui cassa les ailes. En levant les sourcils, et d'un air stupéfait, il dit :

— Eh ben, il y a des jours où il pleut, et je suis bien obligé d'utiliser la Porte. Je déteste ça, mais qu'est-ce que je peux y faire ? Il y a quinze jours, j'ai été surpris par la pluie et je, — il regarda machinalement autour de lui, et sa voix ne fut plus qu'un souffle, — j'ai attrapé un rhume, et m'man était toute retournée.

Le Dr Sloane poussa un soupir.

— Est-ce qu'on rentre ?

Une grande déception se lut immédiatement sur le visage de Richard.

— Ah, pour quoi faire ?

— Tu viens de me faire souvenir que ta mère doit nous attendre.

— Ah, c'est vrai.

L'enfant se retourna à contrecœur.

Ils revinrent à pas lents. Richard bavardait gaiement.

— Une fois, à l'école, j'ai écrit une composition sur ce que je choisirais si je pouvais aller dans un ancien véhicucle (il prononçait avec un soin exagéré) et j'ai dit un stratoliner pour voir les étoiles, les nuages et des choses comme ça. Oh, dis donc, quel idiot !

— Tu choisirais autre chose, maintenant ?

— Et comment ! J'irais en automobile, tout doucement. Et alors, je verrais tout ce qui existe.

Mrs Hanshaw avait l'air troublée, hésitante.

— Alors, vous ne le trouvez pas anormal, Docteur ?

— Un peut original, peut-être, mais pas anormal. Il aime être dehors.

— Mais comment cela est-il possible ? C'est si sale, si désagréable !

— Ça c'est une question de goût. Il y a cent ans, nos ancêtres vivaient dehors la plupart du temps. Et même aujourd'hui, j'oserais m'aventurer à dire qu'il y a des millions d'Africains qui n'ont jamais vu une Porte.

— Mais on a toujours appris à Richard à se conduire comme doit le faire une personne civilisée habitant le District A-3, dit farouchement Mrs Hanshaw. Pas comme un Africain ou un... un ancêtre.

— Et c'est de là que viennent une partie de nos ennuis, Mrs Hanshaw. Il éprouve le besoin d'aller dehors, et pourtant, il a le sentiment que c'est mal. Il a honte d'en parler, à vous ou à son institutrice. Il se réfugie dans la bouderie, et cela pourrait éventuellement devenir dangereux.

— Mais alors, comment le persuader d'arrêter ?

Le Dr Sloane dit :

— N'essayez pas de le persuader, essayez plutôt de canaliser cette activité. Le jour où votre Porte est tombée en panne, il a été obligé de sortir, il a découvert que ça lui plaisait, et il en a pris l'habitude. Il s'est servi de son trajet pour aller à l'école et en revenir comme d'un prétexte pour renouveler cette première et excitante expérince. Maintenant, supposons que vous acceptiez de le laisser sortir deux heures le samedi et le dimanche. Supposons qu'il arrive à comprendre qu'il peut aller dehors, sans nécessairement aller quelque part. Ne pensez-vous pas qu'après ça, il accepterait d'utiliser la Porte pour aller à l'école ? Et ne pensez-vous pas que cela mettrait un terme aux ennuis qu'il a actuellement avec son institutrice, et, probablement, avec ses camarades ?

— Mais alors, les choses resteront ce qu'elles sont ? Est-ce inévitable ? Il ne redeviendra donc jamais normal ?

Le Dr Sloane se leva.

— Mrs Hanshaw, il est aussi normal qu'on peut l'être. En ce ce moment, il goûte les joies du fruit défendu. Si vous coopérez avec lui, si vous ne le désapprouvez pas, cela perdra pour lui un peu de son attrait. Puis, en grandissant, il prendra conscience des exigences et des contraintes de la vie en société. Il apprendra à se conformer à la règle. Après tout, il y a un rebelle en chacun de nous, mais, en général, il meurt à mesure que nous grandissons et que nous vieillissons. Sauf, bien entendu, s'il est sévèrement refoulé et si on lui donne par là l'occasion de concentrer des forces dangereuses. Gardez-vous de cela, et Richard sera très bien.

Il se dirigea vers la Porte.

Mrs Hanshaw dit :

— Vous ne pensez pas qu'un sondage sera nécessaire, Docteur ?

Il se retourna et dit avec véhémence :

— Non, absolument pas ! Il n'y a rien chez cet enfant qui justifie cela. Vous m'avez compris ? Rien.

Ses doigts hésitèrent à un pouce du tableau des coordonées, et son visage se renfrogna.

— Qu'est-ce qu'il y a Docteur ? demanda Mrs Hanshaw.

Mais il ne l'entendit pas, parce qu'il pensait à la Porte, et aux sondages psychiques, et à tout le flot montant et étouffant de la machinerie.

Il y a un rebelle en chacun de nous, pensa-t-il.

Et, laissant retomber sa main et se détournant de la Porte, il dit à voix basse :

— Quelle belle journée, n'est-ce pas ! Je crois que je vais rentrer à pied.

PREFACE A

« L'AMOUR, VOUS CONNAISSEZ ? »

Ici, ça se complique. Il me faut remonter à 1938-39 époque à laquelle, l'espace de cinq ou six numéros, un magazine que je ne nommerai pas, essaya de lancer ce que je ne peux qu'appeler « la science fiction croustillante ». Si l'on considère la liberté accordée aujourd'hui aux écrivains en matière sexuelle, ces antiques nouvelles de science fiction croustillante se lisent un peu aujourd'hui comme « Les Jumeaux de Valangoujard aux Confins de l'Espace », mais, à l'époque, elles provoquaient le frisson chez les rares lecteurs du magazine.

Ces histoires traitaient abondamment de la passion brûlante de monstres extra-terrestres pour des femmes de la Terre. Ce n'étaient que vêtements arrachés et seins nus, décrits en tournures elliptiques (Oui, je sais que c'est un calembour !) et fort variées. Le magazine mourut bientôt d'une mort bien méritée, non pas tellement à cause du sexe et du sadisme qu'à cause de l'ennui mortel dégagé par la monotonie d'intrigues toujours identiques et la pauvreté consternante du « style ».

Le rideau tombe et se relève en 1960. Le magazine

Playboy *décida de se moquer un peu de la science fiction. Ils publièrent un article intitulé : « Des filles pour le Dieu de Boue », dans lequel ils prétendaient (complaisamment) que la science fiction n'était que sexe et sadisme. Pourtant, ils ne trouvèrent que fort peu matière à satire, car, jusqu'à 1960, il n'existait aucune branche de la littérature qui fût aussi puritaine que la science fiction (sauf, peut-être, les histoires pour les enfants des journaux paroissiaux.) Depuis 1960, évidemment, le libéralisme sexuel s'est infiltré même dans la science fiction.*

Il s'ensuit que Playboy *pour illustrer son article, dut faire appel à des couvertures sexy de magazines fictifs, et que toutes ses citations furent puisées à la même source, — à savoir le magazine de 1938-39 dont j'ai parlé plus haut.*

Cele Goldsmith, la rédactrice en chef de Amasing Stories, *lut l'article et me téléphona sur-le-champ. Elle me suggéra d'écrire une nouvelle intitulée : «* Playboy et le Dieu de Boue *», satirisant la satire. J'étais fortement tenté d'accepter pour plusieurs raisons :*

1) Il faut voir Miss Goldsmith pour y croire. C'est le seul rédacteur en chef de science fiction à avoir un physique de théâtre, et il se trouve que, esthétiquement, (ou autrement) je suis fortement affecté par les femmes qui ont un physique de théâtre.

2) Je prends la science fiction au sérieux, et j'étais contrarié que ce magazine de 1938-39 ait donné à Playboy *matière à satire. J'avais envie de les satiriser à mon tour.*

3) Je trouvai bien vite exactement ce que j'allais dire.

C'est ainsi que j'écrivis « Playboy » et le Dieu de Boue » utilisant les mêmes citations que Playboy, *et cherchant à montrer ce que pourrait donner, dans la réalité, une rencontre entre des monstres extra-terrestres et des terriennes. (Je dois ajouter que c'est Miss Goldsmith qui a écrit les trois derniers paragraphes de la nouvelle. Mon dénouement avait quelque chose de prétentieux, et celui de Miss Goldsmith était bien supérieur. De sorte que je l'ai gardé, non seulement dans le magazine, mais ici également.)*

Pourtant, le titre posa un problème. Il est dégoûtant. Quand le regretté (hélas !) Groff Conklin, l'un des plus infatigables rassembleurs d'anthologies de notre métier, envisagea d'introduire cette nouvelle dans un de ses recueils, il me demanda tristement si je n'avais pas un autre titre. « Et comment ! », répondis-je, « qu'est-ce que vous diriez de « l'Amour, vous connaissez ? »

Mr Conklin fut ravi, moi aussi, il adopta ce titre, et je l'adopte également ici.

Première Publication : Amazing Stories, *mars 1961, sous le titre « Playboy and the Slime God » (Playboy et le Dieu de Boue »). Copyright 1961, par Ziff-Davis Publishing Company.*

L'AMOUR, VOUS CONNAISSEZ ?

— Mais il s'agit de deux espèces différentes, dit le Capitaine Garm, en examinant attentivement les deux créatures qu'on venait de lui amener de la planète située au-dessous d'eux.

Ses organes optiques s'ajustèrent pour régler sa vision à son maximum d'acuité, et ce faisant, lui sortirent de la tête. La tache colorée au-dessus de ses yeux se mit à briller et à lancer une succession de rapides petits flashes.

Botax sentait une douce chaleur l'envahir depuis qu'il pouvait de nouveau communiquer par flashes colorés, après avoir passé plusieurs mois dans une cellule, à espionner la vie sur cette planète, et à essayer de donner un sens aux ondes sonores modulées émises par les indigènes. Communiquer par flash lui donnait presque l'impression d'être déjà rentré chez lui, à Perseus, dans une branche lointaine de la Galaxie.

— Non pas deux espèces, dit-il, mais deux formes d'une même espèce.

— Allons donc, quelle bêtise. Ils sont tout à fait

différents. Ils nous ressemblent vaguement, l'Entité soit louée, et ne sont pas d'apparence aussi dégoûtante que bien d'autres formes de vie étrangères à notre monde. Forme raisonnable, membres reconnaissables. Mais pas de tache colorée. Est-ce qu'ils peuvent parler ?

— Oui, mon Capitaine, dit Botax en se laissant aller à une digression prismatique discrètement désapprobatrice. Tous les détails sont dans mon rapport. Ces créatures forment des ondes sonores au moyen de la gorge et de la bouche. Quelque chose comme la toux, en beaucoup plus compliqué. J'ai appris moi-même à parler ainsi.

Il rayonnait de fierté tranquille.

— C'est très difficile.

— Ça doit donner la nausée. Bon, ça explique leurs yeux plats et inextensibles. Puisqu'ils ne parlent pas par couleurs, de grands yeux leur sont inutiles. Mais comment pouvez-vous vous obstiner à prétendre qu'il s'agit de la même espèce ? La créature de gauche est plus petite, avec des tentacules (ou autre chose, appelez-ça comme vous voudrez) plus longs, et elle n'a pas les mêmes proportions. Elle a des renflements à des endroits où l'autre n'en a pas. Est-ce qu'ils sont vivants ?

— Vivants, mais inconscients pour l'instant, mon Capitaine. On leur a fait subir un traitement psychique destiné à supprimer la peur, afin que nous puissions les étudier plus facilement.

— Mais est-ce qu'ils valent la peine qu'on les étudie ? Nous sommes déjà en retard sur notre emploi du temps, et nous devons encore visiter et explorer cinq mondes de plus grande importance que celui-ci. Cette stase temporelle revient très cher à entretenir, et j'aimerais mieux les libérer et continuer...

Mais le corps visqueux et fuselé de Botax s'était mis à

vibrer d'anxiété. Sa langue tubulaire jaillit et vint se recourber au-dessus de son nez camard, tandis que ses yeux semblèrent aspirés à l'intérieur de sa tête. De sa main aux trois doigts étendus, il fit un geste de dénégation, tandis que sa conversation passait au registre rouge sombre.

— Que l'Entité nous garde, mon Capitaine, mais il n'existe pour nous aucun monde de plus grande importance que celui-ci. Nous sommes peut-être à la veille de la crise finale. Ces créatures représentent peut-être la forme de vie la plus dangereuse de toute la Galaxie, justement *parce qu'*elles ont deux formes.

— Je ne vous suis pas bien.

— Mon Capitaine, j'ai été chargé d'étudier cette planète, et ça n'a pas été facile, car elle est unique en son genre. Tellement unique que j'arrive à peine à en comprendre toutes les facettes. Par exemple, pratiquement toutes les formes de vie de la planète se présentent sous deux formes différentes. Il n'existe pas de mot pour décrire cela, pas même de concept. Je ne peux que m'y référer en tant que forme un et forme deux. Pour me servir de leurs sons, la petite créature est désignée sous le nom de « femelle », et la grande, — celle-là, — sous le nom de « mâle », ce qui prouve bien que ces créatures elles-mêmes ont conscience de la différence.

Garm grimaça de dégoût.

— Quelle façon répugnante de communiquer !

— De plus, mon Capitaine, pour produire des petits, les deux formes doivent coopérer.

Le Capitaine, qui s'était penché pour examiner les spécimens de plus près, avec une expression qui tenait à la fois de l'intérêt et de la révulsion, se redressa vivement.

— Coopérer ? Qu'est-ce encore que cette sottise ? L'attribut le plus fondamental de la vie est bien la production des petits, par chaque créature vivante, en communion intime avec elle-même. Sinon, qu'est-ce qui rend la vie digne d'être vécue ?

— Cette forme-là donne bien la vie, mais l'autre forme doit coopérer.

— Comment ?

— J'ai eu beaucoup de difficultés à le déterminer. C'est quelque chose de très intime, et, dans les recherches que j'ai faites parmi les écrits auxquels j'ai eu accès, je ne suis pas parvenu à trouver une description exacte et explicite. Mais j'ai quand même pu en déduire des approximations raisonnables.

Garm secoua la tête.

— Ridicule. Bourgeonner est la fonction la plus sainte et la plus intime au monde. Il en est de même sur des dizaines de milliers de mondes. Comme l'a dit le grand flash-barde Levuline : « Au temps des bourgeons, au temps des bourgeons, au doux et charmant temps des bourgeons, quand... »

— Vous ne me comprenez pas, mon Capitaine. La coopération entre ces deux formes amène d'une façon ou d'une autre, (mais je ne sais pas exactement comment) un mélange et une redistribution des gènes. C'est un moyen grâce auquel, à chaque génération, de nouvelles combinaisons des caractères héréditaires apparaissent. Les variations s'en trouvent multipliées ; les modifications apportées par la mutation des gènes se manifestent presque immédiatement, tandis que ça peut prendre des millénaires avec le système du bourgeonnement.

— Essayeriez-vous de me faire croire que les gènes d'un individu peuvent se combiner avec ceux d'un autre ? Savez-vous seulement à quel point cela est ridicule, considéré à la lumière de tous les principes de la physiologie cellulaire ?

— C'est pourtant ainsi, dit nerveusement Botax, tandis que l'autre, les yeux sortis de la tête, le fusillait du regard. L'évolution *est* accélérée. Cette planète présente un véritable chaos d'espèces. Il paraît qu'il y a un million et demi d'espèces différentes de créatures.

— Une douzaine et demie, plus probablement. N'acceptez donc pas inconsidérément tout ce que vous lisez dans la littérature des indigènes.

— Mais j'ai vu moi-même des douzaines d'espèces différentes, et dans une aire très restreinte. Je vous assure, mon Capitaine, que si on leur en donne le temps, ces créatures sont capables de développer par mutation des intellects assez puissants pour anéantir et gouverner toute la Galaxie.

— Prouvez-moi que la coopération dont vous parlez existe réellement, Investigateur, et je prendrai en considération ce que vous affirmez. Si vous ne pouvez pas le prouver, je chasserai de mes pensées jusqu'au souvenir de vos ridicules fantaisies, et nous reprendrons notre voyage.

— Je peux le prouver.

Les flashes de Botax virèrent au jaune-vert.

— Il y a encore un autre aspect sous lequel ces créatures sont uniques. Elles prévoient à l'avance des progrès qu'elles n'ont pas encore réalisés. Ce qui est probablement une conséquence de leur croyance en une évolution rapide, qu'elles peuvent, après tout, observer constamment. C'est pourquoi ils se livrent à un genre de littérature traitant des voyages spatiaux qu'ils n'ont pas encore inventés. J'ai traduit par « science-fiction » le terme qu'ils utilisent pour désigner ce genre de littérature. Je dois vous dire que j'ai presque exclusivement consacré mes lectures à la science-fiction, car c'est là, pensais-je, dans leurs rêves et les productions de leur imagination qu'ils se révéleraient complètement, de même que les dangers qu'ils représentent pour nous. Et c'est aussi de cette science-fiction que j'ai déduit la méthode qu'ils utilisent pour leur coopération inter-formes.

— Comment avez-vous fait ?

— Sur ce monde, il y a un périodique qui publie parfois de la science-fiction, mais qui, cependant, se consacre presque exclusivement aux différents aspects de la coopération. Il ne parle pas tout à fait librement, ce qui est ennuyeux, mais s'obstine à procéder par allusions. Son nom, pour autant que je puisse le traduire en flash, est « Recreationboy. » La créature qui le dirige, je suppose, ne s'intéresse à rien sinon à la coopération inter-formes, et la recherche en tout avec une ardeur systématique et scientifique qui m'a frappé de respect. Il a découvert de nombreux cas de coopération, décrits sur le mode de la science-fiction, c'est pourquoi j'ai pris ce périodique pour guide. C'est dans les exemples qu'il expose que j'ai appris comment provoquer la coopération.

« Et quand la coopération sera accomplie et que les petits auront été produits devant vos yeux, je vous supplie, mon Capitaine, de donner des ordres pour qu'il ne subsiste pas même un seul atome de ce monde. »

— Bon, dit le Capitaine Garm avec lassitude, rappelez-les à la vie consciente, et faites vite ce que vous avez à faire.

Marge Skidmore eut soudain parfaitement conscience de ce qui l'entourait. Elle se rappelait clairement la station du métro aérien en ce début de crépuscule. Elle était presque vide ; un homme était debout près d'elle, un autre à l'autre bout du quai. Un faible grondement dans le lointain annonçait que la rame approchait.

Puis, il y avait eu un flash, l'impression qu'on la retournait comme un gant, la vision incertaine d'une créature fuselée dégoulinante de mucus, un bond vers le haut, et maintenant...

— Oh, mon Dieu, dit-elle en frissonnant, c'est encore là. Et il y en a un autre, maintenant !

Elle se sentait complètement révulsée, mais elle n'avait pas peur. Elle était presque fière de ne pas avoir peur. L'homme debout près d'elle, aussi immobile qu'elle l'était, portant toujours son feutre mou sur la tête, était celui qui était sur le quai avec elle.

— Ils vous ont pris aussi ? demanda-t-elle. Et qui d'autre ?

Charlie Grimwold, qui se sentait tout flasque et bedonnant, tenta de lever la main pour ôter son chapeau et lisser les rares cheveux qui décoraient son crâne dégarni sans toutefois le dissimuler aux regards, et il s'aperçut qu'il ne pouvait la bouger qu'avec difficulté, comme s'il luttait contre une résistance caoutchouteuse. Il laissa retomber sa main et regarda d'un air morose la femme au fin visage qui se tenait en face de lui. Elle avait dans les trente-cinq ans, pensa-t-il, elle était bien coiffée, et sa robe lui allait bien, mais, pour le moment, il aurait voulu être ailleurs, et ça ne le consolait pas d'avoir de la compagnie : même une compagnie femelle.

Il dit :

— Je ne sais pas, ma petite dame. J'étais sur le quai à attendre le métro.

— Moi aussi.

— Et alors, j'ai vu un flash. J'ai rien entendu. Et maintenant, me v'là. Ça doit être des mecs de Mars ou de Vénus, ou d'un endroit dans ce genre.

Marge hocha vigoureusement la tête.

— C'est aussi mon avis. Une soucoupe volante ? Vous avez peur ?

— Non. C'est marrant, vous savez. Je crois que je

dois être en train de devenir dingue, sans ça, je *devrais* avoir peur.

— C'est drôle quand même. J'ai pas peur non plus. Oh mon Dieu, en voilà un qui s'approche maintenant. S'il me touche, je vais hurler. Mais regardez-moi ces mains à tentacules ! Et cette peau ridée, toute gluante comme de la boue ; ça me donne mal au cœur.

Botax s'approcha avec précaution, et dit d'une voix rauque et perçante, la plus proche approximation du timbre des indigènes à laquelle il fût arrivé :

— Créatures ! Nous ne vous ferons aucun mal. Mais nous voudrions vous demander si vous accepteriez de nous faire le plaisir de coopérer.

— Hé dis donc, il parle ! dit Charlie. Coopérer, qu'est-ce que vous voulez dire ?

— Tous les deux. L'un avec l'autre, dit Botax.

— Ah ? dit-il en regardant Marge. Vous savez ce qu'il veut dire avec sa coopération, ma petite dame ?

— Pas la moindre idée, répliqua-t-elle avec hauteur.

Botax dit :

— Ce que je veux dire, c'est...

Et il prononça un mot de deux syllabes qu'il avait une fois entendu employer comme synonyme du processus en question.

Marge devint cramoisie et se détourna en hurlant :

— Quoi ! de toute la force de ses poumons.

Sur quoi, Botax et le Capitaine Garm portèrent vivement leurs mains dans la région de leur abdomen, pour couvrir leurs membranes auditives qui vibraient douloureusement sous cette furieuse émission de décibels.

Marge continua avec une véhémence qui frisait l'incohérence :

— Il ne manquerait plus que ça. Non mais, je suis mariée. Si mon Ed était ici, qu'est-ce qu'il vous sonnerait ! Et vous, là, dit-elle en se tournant vers Charlie, malgré la résistance caoutchouteuse, c'est pas la peine de faire l'intéressant. Si vous croyez que...

— Mais, ma petite dame, c'est pas de ma faute, gémit Charlie d'un air gêné. Enfin, ce que je veux dire, c'est que c'est pas mon genre, vous comprenez, de refuser une dame ; mais je suis marié, moi aussi. J'ai trois mômes. Ecoutez...

Le Capitaine Garm dit :

— Que se passe-t-il, Investigateur Botax ? Ces sons cacophoniques sont proprement insupportables.

— C'est que, — et, dans son embarras, Botax émit un vif petit flash pourpre, — c'est qu'il s'agit d'un rituel compliqué. Au commencement, ils sont censés se faire prier. Ça renforce les résultats subséquents. Après ce stage initial, les peaux doivent être enlevés.

— Il faut les *écorcher* ?

— Pas vraiment les écorcher. Ce sont des peaux artificielles qui peuvent s'ôter sans douleur, et qui doivent l'être. Particulièrement chez la forme femelle.

— Bon, très bien. Dites-leur donc d'enlever leurs peaux. Vraiment, Botax, je trouve cela très désagréable.

— Je ne crois pas que je doive prier la forme femelle d'enlever ses peaux elle-même. Il vaut mieux suivre le rituel à la lettre. J'ai ici des extraits de ces contes d'outre-espace, très appréciés du rédacteur de « Recreationboy ». Dans ces contes, les peaux sont enlevées par la force. Voici, par exemple, la description d'un accident qui « provoqua de grands ravages dans sa robe, l'arrachant presque complètement de son corps charmant. Pendant un instant, il sentit la tiédeur de sa poitrine ferme et à demie-nue contre sa joue »... Et ça continue sur ce ton. Vous voyez, le fait d'arracher, l'enlèvement forcé, agit comme un stimulant.

— Poitrine ? dit le Capitaine. Je ne connais pas ce flash.

— Je l'ai inventé pour exprimer ce concept. Il désigne les renflements dans la région supérieure dorsale de la forme femelle.

Botax se tourna vers Charlie :

— Monsieur, dit-il, voulez-vous arraccher sa robe de son corps charmant ? Je vais vous libérer pour les besoins de la cause.

Les yeux de Marge se dilatèrent, et elle tourna instantanément contre Charlie sa dignité outragée :

— Je vous le défends, je vous défends de me toucher, espèce d'obsédé sexuel.

— Moi ? gémit Charlie d'un ton plaintif. C'est pas de ma faute. Si vous croyez que je passe mon temps à arracher des robes. Ecoutez, continua-t-il en se tournant vers Botax, j'ai une femme et trois mômes. Si elle apprend que je m'amuse à arracher des robes, qu'est-ce que je vais prendre. Vous savez ce qu'elle fait, ma femme, si ça m'arrive de seulement regarder une dame ? *Ecoutez bien...*

— Se fait-il toujours prier ? demanda le Capitaine impatienté.

— Apparemment, dit Botax. Ce doit être la nouveauté du milieu, vous savez, qui prolonge ce stade de la coopération. Comme je sais que tout cela vous est désagréable, je vais exécuter moi-même cette partie du rituel. Dans ces histoires de science fiction, on mentionne fréquemment que cette tâche est accomplie par une espèce d'un autre monde. Ici, par exemple, — et il feuilleta ses notes pour trouver le passage en question, — ils décrivent une de ces espèces en termes vraiment horribles. Les créatures de cette planète sont vraiment extravagantes, je vous assure. Il ne leur est jamais venu à l'idée d'imaginer des individus beaux comme nous le sommes, couverts d'une belle pellicule de mucus.

— Continuez ! Continuez ! On ne va pas y passer toute la journée ! dit le Capitaine.

— Oui, mon Capitaine. On dit ici que l'extra-terrestre « s'avança vers la femme, qui poussait des cris perçants et hystériques sous les embrassements du monstre. Des serres lui labouraient le corps, déchirant sa tunique en lambeaux ». Vous voyez, la créature indigène pousse des cris perçants, exprimant l'excitation que provoque l'enlèvement des peaux.

— Eh bien, allez-y, Botax, enlevez-les. Mais je vous en prie, dispensez-moi des cris perçants. Je suis encore tout ébranlé d'avoir entendu ces ondes sonores.

Botax dit à Marge, très poliment :

— Si vous permettez...

Un doigt spatulé fit le geste de se glisser dans l'encolure de la robe.

Marge se tortilla désespérément, luttant contre le champ de forces qui la retenait.

— Ne me touchez pas ! Ne me touchez pas ! Vous allez me mettre de la boue. Dites donc, elle coûte 24,85 à Orbach's, ma robe. Arrière, monstre ! Mais regardez-moi les yeux qu'il fait !

Les efforts qu'elle faisait pour esquiver la main tâtonnante et extra-terrestre la faisaient panteler.

— Un monstre de boue, avec des yeux d'insectes, voilà ce que c'est. Ecoutez, je vais enlever ma robe moi-même. Mais, pour l'amour du Ciel, ne me mettez pas de boue dessus.

Elle tripota la fermeture à glissière, et fit un *a parte* véhément à l'adresse de Charlie :

— Et surtout, ne regardez pas, vous !

Charlie ferma les yeux et haussa les épaules avec résignation.

Elle enleva sa robe par les pieds.

— Ça va ? Vous êtes content ?

De contrariété, les doigts du Capitaine Garm s'agitaient nerveusement.

— Alors, c'est ça les seins ? Et pourquoi l'autre créature détourne-t-elle la tête ?

— Il se fait prier. Il se fait prier, dit Botax. De plus, les seins sont toujours couverts. Il y a encore d'autres peaux à ôter. Quand ils sont nus, les seins constituent un stimulant très énergique. On les compare toujours à des globes d'ivoire, à des sphères d'albâtre, et autres choses du même genre. J'ai ici des dessins, ou représentations visuelles, provenant des couvertures de ce magazine de science-fiction. Si vous voulez bien prendre la peine de les examiner, vous verrez que, sur chacun d'eux, est représentée une créature, dont les seins sont plus ou moins nus.

D'un air concentré, le Capitaine regarda alternativement les illustrations, puis Marge.

— Qu'est-ce que l'ivoire ?

— C'est un autre flash de mon invention. Cela désigne le matériau constituant les défenses d'une grande créature intelligente de cette planète.

— Ah ! dit le Capitaine, qui, de satisfaction, vira au vert pastel. Cela explique tout. Cette petite créature femelle appartient à une secte guerrière, et ces seins sont les défenses avec lesquelles elle écrase l'ennemi.

— Non, non, ils sont plutôt tendres, à ce que j'ai compris.

La petite main brune de Botax se tendit dans la direction de ce qui faisait l'objet de la discussion, et Marge recula en hurlant.

— Alors, à quoi peuvent-ils bien servir ?

— Je crois, dit Botax en hésitant beaucoup, qu'ils servent à nourrir les petits.

— Les petits les mangent ? demanda le Capitaine avec tous les signes d'une profonde détresse.

— Pas exactement. Ces objets produisent un fluide que les petits consomment.

— Ils consomment un fluide provenant d'un corps vivant ? Pouah !

Le Capitaine se cacha la tête dans ses trois bras, faisant appel, pour la circonstance, au troisième bras surnuméraire, qui sortit si rapidement de son fourreau qu'il faillit renverser Botax au passge.

— Un monstre boueux, à trois bras avec des yeux de punaise, dit Marge.

— Ouais, dit Charlie.

— C'est bon, mais faites attention où vous regardez. Les égarez pas par ici.

— Ecoutez, ma petite dame, je fais ce que je peux pour pas regarder.

De nouveau, Botax s'approchait.

— Madame, voudriez-vous ôter le reste ?

Marge se protégea de son mieux de sa robe sous le regard de ces yeux coulissants.

— Jamais !

— Je peux vous l'ôter moi-même, si vous le désirez.

— Ne me touchez pas. Pour l'amour du Ciel, ne me touchez pas ! Et vous, regardez plutôt la boue qu'il a sur lui, si ça ne vous fait rien. D'accord, je vais enlever ça moi-même.

Et ce faisant, elle marmonnait entre ses dents, et regardait d'un air furieux en direction de Charlie.

— Rien ne se passe, dit le Capitaine fort mécontent. Et de plus, ce spécimen m'a l'air imparfait.

Botax sentit l'affront porté à son efficience.

— J'ai apporté deux spécimens parfaits. Qu'est-ce que vous reprochez à ces créatures ?

— Les seins ne consistent pas chez elle en globes ou en sphères. Je sais quand même ce que sont des globes et des sphères, et sur les dessins que vous m'avez montrés, c'est ainsi que les seins sont représentés. Voilà de beaux globes. Mais sur cette créature, je ne vois rien, que des poches flasques en tissu desséché. Et décolorées, en plus.

— Mais non, dit Botax. Il faut tenir compte des variations naturelles. D'ailleurs, je vais demander à cette créature elle-même d'en être juge.

Il se tourna vers Marge :

— Madame, vos seins sont-ils imparfaits ?

Marge écarquilla les yeux, et pendant un moment, incapable de répondre, elle ne put que haleter de colère :

— *Ça alors !* finit-elle par articuler. Je ne suis peut-être pas Gina Lollobrigida ou Anita Ekberg, mais je suis parfaitement normale, je vous remercie. Ah la la, si mon Ed était là !

Et, se tournant vers Charlie :

— Et vous, vous pouvez pas leur dire, à ces monstres boueux aux yeux de punaise, que j'ai rien qui cloche ?

— Mais ma petite dame, dit Charlie d'un ton suave, j'ai pas le droit de regarder, vous savez bien.

— Ah, sûr que vous regardez pas. Vous n'arrêtez pas de reluquer en-dessous, alors vous feriez aussi bien de les ouvrir complètement, vos yeux de saligaud, et de prendre la défense d'une dame, si vous êtes un peu galant, ce qui m'étonnerait, d'ailleurs.

— Bon, dit Charlie en regardant Marge en coin, laquelle profita de l'occasion pour respirer à fond et bomber le torse. J'aime pas beaucoup être mêlé à des histoires aussi épineuses, mais vous m'avez l'air bien.

— Je vous ai *l'air* bien ? Non mais, vous êtes aveugle, ou quoi ? J'ai été deuxième au concours de Miss Brooklyn, et ce qui m'a fait perdre, c'est la taille, c'est *pas*...

Charlie dit :

— Ça va, ça va. Ils sont très bien. Vrai de vrai.

Il hocha vigoureusement la tête en direction de Botax.

— Ils sont bien. Maintenant, je suis pas un expert, vous comprenez, mais moi, je les trouve très bien.

Marge se détendit.

Botax se sentit soulagé. Il se tourna vers Garm.

— La forme mâle exprime de l'intérêt. Le stimulus agit. Maintenant, passons à la phase finale.

— Et qu'est-ce que c'est ?

— Il n'y a pas de flash pour l'exprimer, mon Capitaine. Essentiellement, cela consiste à appliquer l'appareil locutoire-manducatoire de l'un contre l'appareil équivalent de l'autre. J'ai inventé un flash pour désigner ce processus ; c'est : « baiser ».

— Ces choses écœurantes n'auront donc jamais de fin ? grogna le Capitaine.

— Cela, c'est l'apothéose. Dans les contes, après que les peaux sont enlevées, ils s'entremêlent les membres, et ils s'abandonnent fougueusement à des baisers brûlants, pour traduire aussi littéralement que possible l'expression le plus fréquemment employée. En voici un exemple, un seul, pris au hasard : « Il la tenait, sa bouche avidement pressée contre ses lèvres. »

— Peut-être que l'une de ces créatures était en train de dévorer l'autre, dit le Capitaine.

— Mais pas du tout, dit Botax impatienté. Il s'agissait de baisers brûlants.

— Que voulez-vous dire, brûlants ? Est-ce qu'une combustion trouvait place ?

— Pas littéralement, je ne crois pas. J'imagine que c'est une façon d'exprimer qu'il y a une élévation de la température. Je suppose que plus la température s'élève, plus le petit est réussi. Bon, maintenant que la forme mâle a été stimulée de façon appropriée, il n'a plus qu'à placer sa bouche contre celle de l'autre pour produire un petit. Cette étape est indispensable à la production du petit. C'est en effet, à proprement parler, la coopération que j'ai mentionnée.

— C'est tout ? Juste ce...

Les mains du Capitaine firent le geste de se réunir, mais il ne put prendre sur lui d'exprimer cette pensée par un flash.

— C'est tout, dit Botax. Dans aucun des contes que j'ai lus, pas même dans « Recreationboy » je n'ai trouvé trace d'aucune autre activité physique ayant trait à la production des petits. Parfois, après le baiser, il y a une ligne de symboles semblables à des étoiles, mais je suppose qu'elles représentent d'autres baisers ; un baiser par étoile, quand ils veulent produire une multitude de petits.

— Pour le moment, juste un s'il vous plaît.

— Mais certainement, mon Capitaine.

Botax articule distinctement d'une voix solennelle :

— Monsieur, voudriez-vous embrasser Madame ?

Charlie dit :

— Dites donc, je peux pas bouger.

— Mais je vais vous libérer, bien entendu.

— La dame aimera peut-être pas.

Marge fulmina :

— Et comment que j'aimerai pas, mon petit gars. Restez donc où vous êtes.

— Je demande pas mieux, ma petite dame, mais qu'est-ce qu'ils vont faire si on veut pas ? Ecoutez, j'ai pas envie de les exciter. On pourrait peut-être se faire juste une petite bise, comme ça.

Elle hésita, comprenant la justesse de sa remarque.

— Bon d'accord. Mais pas de fantaisie. J'ai pas l'habitude de me promener toute nue devant tous les Pierre, Paul et Jacques de la création.

— Je sais bien, ma petite dame. Mais c'est pas de ma faute, vous savez bien.

Marge marmonna avec colère :

— Des monstres de boue. Ils doivent penser qu'ils sont des sortes de Dieux, c'est pas possible, pour commander les gens comme ça. Des dieux de boue, voilà ce qu'ils sont !

Charlie s'approcha d'elle.

— Allons, calmez-vous, ma petite dame.

Il fit un vague geste comme pour repousser son chapeau en arrière. Puis il posa maladroitement les mains sur ses épaules nues, et se pencha avec précaution.

La tête de Marge se raidit, et les veines de son cou devinrent saillantes. Leurs lèvres se rencontrèrent.

Le Capitaine émit quelques flash de nervosité.

— Je ne détecte aucune élévation de température.

Son tentacule détecteur de chaleur s'était dressé au-dessus de sa tête où il continuait à vibrer.

— Moi non plus, dit Botax, plutôt décontenancé. Et pourtant nous suivons exactement les instructions des contes de science-fiction. Je crois que le mâle devrait avoir les membres un peu plus étendus. — Ah, comme ça. Regardez, ça marche !

Presque sans y penser, Charlie avait glissé son bras autour du torse nu et doux de Marge. Pendant un instant, Marge sembla s'abandonner contre lui, puis, soudain, elle se débattit contre le champ de force qui continuait à la maintenir fermement.

— Laissez-moi !

Ses paroles furent étouffées par les lèvres de Charlie. Elle le mordit soudain, et Charlie sauta en arrière avec un cri sauvage, en se tenant la lèvre inférieure, puis regardant ses doigts pour voir s'il y avait du sang.

— Qu'est-ce qui vous prend, ma petite dame ? demanda-t-il plaintivement.

Elle dit :

— On s'était mis d'accord pour une petite bise, non ? Et qu'est-ce que vous étiez en train de faire ? Non mais, vous vous prenez pour un playboy ou quoi ? Et qu'est-ce que c'est qu'eux tous ? Playboy et des Dieux de boue ?

Le Capitaine Garm émit des flashes bleus et jaunes en rapide succession.

— Alors, c'est fait ? Et on va attendre longtemps, maintenant ?

— Il me semble que ça devrait se passer tout de suite. A travers tout l'univers, quand on doit bourgeonner, on bourgeonne, c'est simple. Il n'y a pas à attendre.

— Ah oui ? Mais après toutes les mœurs vicieuses que vous venez de me décrire, je me demande si l'envie me reprendra jamais de bourgeonner. Enfin, finissons-en, je vous prie.

— Plus qu'une petite minute, mon Capitaine.

Mais les minutes passaient, et les flashes du Capitaine virèrent lentement à un orangé boudeur, tandis que Botax s'éteignait presque complètement.

Finalement, Botax demanda avec hésitation :

— Je vous demande pardon, Madame, mais quand allez-vous bourgeonner ?

— Quand je vais *quoi ?*

— Enfanter un petit ?

— J'en ai déjà un.

— Je veux dire, l'enfanter maintenant.

— Sûrement pas. Je ne suis pas prête à avoir un gosse en ce moment.

— Quoi ? Quoi ? demandait le Capitaine. Qu'est-ce qu'elle dit ?

— Il semble, dit Botax d'une voix mourante, qu'elle n'ait pas l'intention d'avoir un petit pour le moment.

La tache colorée du Capitaine se mit à lancer des éclairs.

— Vous voulez savoir ce que je pense de vous, Investigateur ? Je pense que vous êtes affligé d'un esprit malade et pervers. Il n'y a pas de coopération, et il n'y a pas de petit à naître. Je pense qu'il s'agit de deux espèces totalement différentes, et que vous vous êtes payé ma tête.

— Mais, mon Capitaine... dit Botax.

— Il n'y a pas de : « Mais mon Capitaine », dit Garm. En voilà assez. Vous m'avez bouleversé, détraqué l'estomac, tourné le cœur, donné la nausée, dégoûté même de l'idée de rebourgeonner un jour, et fait perdre mon temps. Vous recherchez la publicité et la gloire, mais je veillerai à ce que vous ne les obteniez pas. Débarrassez-vous immédiatement de ces créatures. Rendez ses peaux à celle-ci, et remettez-les où vous les avez trouvées. Je devrais retenir le coût de la stase temporelle sur votre salaire.

— Mais, mon Capitaine...

— Ramenez-les, j'ai dit. Reposez-les à la même place et dans le même instant de la durée. Je ne veux pas qu'on touche à cette planète, et je veillerai personnellement à ce qu'on n'y touche pas.

De nouveau, il fusilla Botax du regard.

— Une espèce, deux formes, des seins, des baisers, la coopération, — Ah ! — Vous êtes un imbécile, Investigateur, et un crétin, mais par-dessus tout, vous êtes une créature malade, malade, complètement malade.

Il était inutile d'insister. Botax, tremblant de tous ses membres, se mit en devoir de ramener les créatures où il les avait prises.

Ils étaient à la station du métro aérien, et regardaient autour d'eux d'un air hagard. Le soir commençait à tomber, et un faible grondement dans le lointain annonçait que la rame approchait.

Marge dit avec hésitation :

— Est-ce que c'est réellement arrivé, Monsieur ?

Charlie dit :

— Je m'en rappelle.

Marge dit :

— On ne peut en parler à personne.

— Sûr que non. Ils diraient qu'on est dingues. Vous voyez ce que je veux dire.

— Hum, oui.

Et elle s'éloigna un peu.

Charlie dit :

— Ecoutez, M'dame. Je suis bien embêté de vous avoir mise dans l'embarras. C'était pas de ma faute.

— Je sais, ça ne fait rien.

Marge tenait les yeux obstinément baissés sur le quai. Le grondement du train se rapprochait.

— Ce que je veux dire, vous savez, M'dame, c'est que vous étiez pas mal. Vous étiez même très bien, mais ça me gênait d'en parler, comme qui dirait.

Soudain, elle se mit à sourire.

— Ça ne fait rien.

— Peut-être que ça vous dirait de prendre un café

avec moi, histoire de vous détendre un peu ? Ma femme, elle m'attend pas avant un bon bout de temps.

— Ah oui ? Eh bien, mon Ed n'est pas en ville pour le week-end, et je vais rentrer dans un appartement vide. Mon fils est chez ma mère, expliqua-t-elle.

— Ben alors, venez. On a déjà été présentés.

— Ah, pour ça, oui.

Et elle éclata de rire.

La rame entra en gare, mais ils se détournèrent, et descendirent l'étroit escalier menant à la rue.

En fait, ils prirent quelques cocktails, et puis, comme Charlie ne pouvait décemment pas la laisser rentrer toute seule dans le noir, il la raccompagna jusqu'à sa porte. Et, naturellement, Marge se sentit obligée de l'inviter à entrer un moment.

Pendant ce temps, à bord du cosmonef, le pauvre Botax faisait une dernière tentative pour défendre sa cause. Pendant que Garm préparait le vaisseau pour l'envol, Botax s'installa à la hâte pour jeter un dernier coup d'œil sur ses specimens. Il cadra Charlie avec Marge dans son appartement. Ses tentacules se raidirent, et il se mit à émettre un véritable arc-en-ciel d'éclairs de toutes les couleurs.

— Capitaine Garm ! Mon Captaine ! Venez voir ce qu'ils font !

Mais à ce même instant, le vaisseau sortit de la stase temporelle.

TABLE

Cet ouvrage
a été reproduit
et achevé d'imprimer
en octobre 1992
par l'Imprimerie Floch
à Mayenne.

D.L., novembre 1992.
N° d'édition : 3815.
N° d'impression : 33106.
Imprimé en France.

3815